Autor
Sascha Savas Bönisch

Legasthenie? Na und!
von einem der einer Schwäche die starke Seite zeigt

Toleranz heißt:
die Fehler des anderen zu entschuldigen.
Genie heißt:
sie nicht zu bemerken.

(Arthur Schopenhauer)

Man sollte die Toleranz nie so weit treiben, dass die
Intoleranten Vorteile daraus ziehen könnten.

(Erich Limpach)

"Nicht behindert zu sein ist wahrlich kein Verdienst,
sondern ein Geschenk, das jedem von uns jederzeit
genommen werden kann."

(Richard v. Weizsäcker)

Gebt mir einen Platz wo ich stehen kann und ich
werde die Erde bewegen

(Sascha Savas Bönisch)

Autor
Sascha Savas Bönisch

Legasthenie? Na und!
von einem der einer Schwäche die starke
Seite zeigt

Sascha Savas Bönisch
Schriftsteller & Künstler
www.autor-sascha-boenisch.com
www.ein-herz-fuer-behinderte-menschen.de

Bibliografische Information der Deutschen Nationalbibliothek
Die Deutsche Nationalbibliothek verzeichnet diese
Publikation in der Deutschen Nationalbibliografie;
detaillierte bibliografische Daten sind im Internet
über http://dnb.dnb.de abrufbar.

© 2015 Autor Sascha Savas Bönisch
Umschlagdesign, Satz, Herstellung & Verlag
BoD-Books on Demand, Norderstedt
ISBN: 9783734781407

Eine ganz besondere Widmung hinterlasse ich nun für folgende Menschen aus meinem Persönlichen Umfeld, die aus Menschlichkeit und Herzensgüte ihre Zeit für mich in den letzten Monaten Geopfert haben.

☺ ☺ ☺ ☺ ☺ ☺ ☺☺ ☺ ☺☺ ☺ ☺ ☺ ☺ ☺ ☺ ☺ ☺☺ ☺

Wolle H. Ich danke dir für das ☺ Vater-Sohn Verhältnis,☺ und die Lustigen Unternehmungen, die wir in den letzten Monaten unternommen haben. Auch deine Väterlichen Ratschläge und Weisheiten, nehme ich dankend an und bin dir für deine Freundschaftliche Unterstützung sehr dankbar. Es macht immer Riesen Spaß mit dir etwas zu unternehmen.

☺ ☺ ☺ ☺ ☺ ☺ ☺☺ ☺ ☺☺ ☺

Gabi B. Danke dass es dich gibt, ich schätze deine Herzlichkeit und freue mich riesig dich um mich zu haben. Du bis eine Klasse Frau ☺

☺ ☺ ☺ ☺ ☺ ☺ ☺☺ ☺ ☺☺ ☺

Karin Grübler, Danke Mama dass du noch zu mir hellst, obwohl der Rest der Familie nichts mehr mit mir anzufangen wiesen, danke für alles was du auf Lebzeiten und in meiner Kindheit zum Wohl von mir geopfert hast, ich habe dich von ganzen Herzen Lieb.

☺ ☺ ☺ ☺ ☺ ☺ ☺☺ ☺ ☺☺ ☺ ☺ ☺ ☺ ☺ ☺ ☺ ☺☺ ☺

Einführung durch den Autor

Einführung durch den Autor

Der Titel, und die Biographie, spiegelt mein Ich sein auf dieser Welt wieder.

Er beschreibt ganz genau, wie das Leben abseits im Licht der deutschen Demokratie eines Lernbehinderten wirklich ist.

In einer Gesellschaft, die Erfolg und Leistungsfähigkeit zum Leitbild erhebt, haben es Behinderte und sozial Schwache schwer. Sie werden ausgegrenzt, als "Versager" und "Faulenzer" wahrgenommen. Dieses Buch erzählt, wie ein Lernbehinderter junger Visionär in dieser Demokratie, krampfhaft einen würdigen Platz für seine außergewöhnlichen Fähigkeiten, die den normalen Menschenverstand übersteigen, ein Teil dieses Landes werden. Und so dem Leitbild der deutschen Demokratie zu entsprechen.

Dabei muss er etliche schwierige und teilweise unmoralische Hürden überwinden; in einer Gesellschaft, die geringe Wertschätzung für Menschen mit besonderen und außergewöhnlichen Talenten übrig hat.

Jeder in Deutschland, ist mit sich und seinen Problemen beschäftigt. Neid und Missgunst werden hier zu

Lande großgeschrieben. Deshalb geht jeder in dieser Gesellschaft auch seinen eigenen Weg; zeigt wenig Interesse an seinen Mitmenschen. Warum ist das so?

Eine Demokratie welche, die USA auf einen göttlichen Altar hebt, und wie sabbernde und blauäugige Hunde anhimmelt. Bekommt nicht einmal hin, die einfachsten Dinge wie Stärke, Zusammen- halt, und Toleranz gegenüber jedem zu gewähren. Bessere politische Arbeiten für den Bürger & die Entwicklung der deutschen Gesellschaft, und nicht gegen den Bürger im eigenen Interesse, wo Politiker ihre Brieftaschen und Bedürfnisse, mit ihrem Amt verbinden. Eine Nation, die anscheinend nichts mehr mitbekommt, was in Wirklichkeit hinter den politischen Mauern in Berlin stattfindet.

Die grundsätzliche Scheinheiligkeit, die das deutsche Volk gerne anwendet, wenn ihnen wieder einmal in den Sinn kommt, gegen gewisse Politiker und Leute des öffentlichem Lebens, ein Theater zu veranstalten, und sich dagegen auflehnen, jedoch am Wahltag dieselben Personen wieder wählen, weil ihre Unfähigkeit und Auffassung, in diesem Moment wie eine Kerze erlöscht.

Menschen, die wirklich von der deutschen Regierung und den Medien wie Marionetten manipuliert werden; und sich damit auch abfinden. Keiner wagt es mehr, wie in anderen Ländern auf die Straße zu gehen, warum auch, es gibt ja Internet & Facebook.

Daher spiegeln auch vier Eigenschaften das wirkliche Leitbild der deutschen Geschichte seit über 100 Jahren wieder.

Wir Deutschen sind

1. **Naiv & Leichtgläubig**
2. **Bequem & Pflegeleicht**
3. **Missgünstig gegenüber anderen.**
4. **Einfach gestrickt**

Wie Ex Außenminister Dr. Guido Westerwelles' Vater schon einmal sagte:

„ Junge mach einen Dr. Titel und die Leute glauben dir jeden Scheiß"

So, und nicht anders spiegelt diese Gesellschaft das wieder.

Daher, wie es unsere Geschichte zeigte, war es auch 1938 für die Nazis so leicht, an die Macht zu kommen, weil man da schon gemerkt hat, dass man das deutsche Volk leicht manipulieren und lenken konnte, das machte einen Menschen der gut durch seine

Reden und Ansprachen, die Massen für sich gewinnen konnte so gefährlich.

Nichts ....hat sich seit den 2 Weltkriegen geändert.

Heute wird auf demokratischer Grundlage weiterhin von der Regierung und den Medien, auf Kosten der Naivität der deutschen Bevölkerung weiter gemacht.

Von einer Gesellschaft, welche die Kultur mit Füßen tritt, und sich von Facebook und den Medien tagtäglich verdummen lässt, kann man auch nicht erwarten, dass sie im Ernstfall auf die Straße gehen, und für Gerechtigkeit kämpfen. Das deutsche Volk war schon immer einfach gestrickt in der Vergangenheit und auch in der Zukunft, wird sich da nichts ändern. Deutschland, armes Deutschland, ihr seid dumm und eine Arbeitsklasse, deshalb kann die Regierung und die Wirtschaft euch auch immer mehr ausnehmen. Der Regierung ist eure Lebensqualität so egal, denn:

Hauptsache der Deutsche hält seinen Mund, geht arbeiten und zahlt schön seine Steuern. Nichts anderes erwartet die Regierung von seinen deutschen Bürgern.

Die auch noch dies mit sich machen lassen. ☺
Da sieht man ja mal wieder wie dumm das deutsche Volk ist.

Sorry
Dumm ist ja nicht höflich ausgedrückt - ich sage lieber - einfach gestrickt ☺.

Nun ja, so sind wir, nun einmal warum etwas verändern, wenn es so bequem ist ☺

Mit diesen Vorwortzeilen begrüße ich Sie recht herzlich und bedanke mich ganz herzlich bei Ihnen für das Interesse!!

Hochachtungsvoll
Sascha Savas Bönisch
Jungverleger & Schriftsteller

Eine Deutsch Türkische Kurzbeziehung zwischen meinem leiblichen Vater & meiner leiblichen Mutter

Es fing alles im Sommer 1987 an. Meine Mutter Petra, die bei ihren Pflegeeltern wohnte, ging mit 16 Jahren schon sehr rebellisch und haltlos durch die Gesellschaft.

Mit 5 Jahren vom Jugendamt aus einem verwahrlosten Haushalt ihrer stark abhängigen leiblichen Mutter herausgenommen, musste sie schnell lernen, dass eine Kindheit voller Geborgenheit und Harmonie, Liebe und Sicherheit, ein Luxus für Petra war, den sie nicht kannte. Daher krachte sie auch ständig mit ihren Pflegeeltern aneinander, weil diese sehr auf Sauberkeit, Regeln und Anstand gebaut haben.

Doch Petra hatte anderes im Kopf, sie flüchtete ständig vor ihren Pflegeltern, und ging zu Menschen, wo Regeln, Anstand und Sauberkeit, nicht so im Vordergrund standen.

Der Hauptbahnhof Hannover, dort lungerte sie herum, und ging gemütlich, durch die Bahnhofshalle.

Zwischen Obdachlosen & Punks, da war Petra zuhause.

Und da passierte es, sie sah dort diesen gutaussehenden türkischen Offizier der türkischen Arme, er hieß (Abdulla Öztürk 36 Jahre alt, 2 Kinder und Frau in Istanbul, Türkei). Es war die große Liebe, und sie trafen sich jeden Tag am gleichen Treffpunkt.

Und hatten auch Sex miteinander. Die Beziehung hielt nur zwei Wochen.
Dann war sie schwanger, und mein ach so guter Vater hatte seinen Spaß und ist in die Türkei abgehauen.

So unter dem Motto.
Ich hatte mein Spaß und jetzt kann sie zu sehen wo sie bleibt.

Was nun ? 🙁

Sie ist erst 16 Jahre alt, und nun mit mir schwanger. Dazu kommt noch, dass sie im hochschwangeren Zustand auf der Straße mit mir in ihrem jugendlichen Bauch saß.

Petra war sehr eitel und stolz, Hilfe & Ratschläge von Erwachsenden nahm Petra nie gerne an. Das ist so eine kleine erbliche Macke, die später bei mir auch zum Vorschein kommen würde.

Liebe Leser, was sie jetzt hören. Ist sehr erschreckend, aber es ist wahr.

Meine Mutter saß auf der Straße, und hatte in einer Hand die Alkoholflasche und in der anderen Hand eine Spritze mit Drogen, und der Höhepunkt dieses Verhaltens war.

Sie ist schwanger, und ich in ihrem Bauch von einem Fötus zum menschlichen Wesen heranwachsend.

Doch in ihrem jugendlichen Leichtsinn und Unwissen, gefährdete sie mit Drogen und Alkohol nicht nur ihre Gesundheit, sondern auch meine.

Den Anforderungen dieser Gesellschaft mit einer Lernbehinderung im Schlepptau - Anerkennung und Liebe, und Erfolg zu erhalten, und dem permanenten Leistungsdruck stand zu halten:

Ist genauso unwahrscheinlich, wie ein 6 im Lotto.

Was Petra mir da zugemutet hat, ist nicht in Worten zu beschreiben, was sind das

für Aussichten für ein Kind, nie Richter, Arzt, Lehrer, oder Minister werden zu können.

weil er von vornherein schon bildungsmäßig diskriminiert, ausgegrenzt, und der Möglichkeit sich in dieser Gesellschaft zu behaupten, auf die Welt gebracht wird.

Allein dafür hätte Petra doch Rücksicht nehmen können, und eine Abtreibung für mich in die Wege leiten können, nein - sie musste mich ja austragen.

Wer hat mich eigentlich gefragt ob ich ein Leben von 1988 bis irgendwann auf Erden haben möchte?

Konnte Petra mich nicht 1933 zur Welt bringen, dann wäre ich wenigstens 5 Jahre später von den Nazis vergast worden.

.

Kurz und schmerzvoll wäre dieser Qual des Lebens beendet.

Hört sich zwar schrecklich an, und ist unangebracht gegenüber den Opfern des 2. Weltkriegs, dennoch gibt es für mich keinen passenden Vergleich, was dieses leichtsinnige, egozentrische Verhalten meiner Mutter beschreiben könnte.

Dennoch ist aber immer noch besser, als ein Leben am Abgrund der Gesellschaft.

Man sagt dass, das Leben kostbar und einmalig sei, es an jeden selber liegen würde, was man aus seinem Leben macht.

Leute, es ist nicht so einfach wie Prediger uns vor-texten, es ist sogar fast unmöglich.
Das ist noch so ein Thema was mich an dieser Gesellschaft so stört, was ich gerne in vier Zitaten schildern möchte.

eine Gesellschaft, die glaubt, alles besser zu wissen, ist meist vielseitig eingebildet.

Von einer Gesellschaft, die immer alles besser weiß, können wir nichts lernen.

Jedes Volk kann sich nur eine beschränkte Anzahl

von Dummen leisten, die nichts sehen, nichts hören und trotzdem alles besser wissen.

Bevor Gott die zehn Gebote den Menschen gab, vergaß er aufs Kleingedruckte im Anhang hinzuweisen: Du darfst als deutsche Demokratie jeden diskriminieren, der nicht den geistigen Anforderungen entspricht und einer leistungsstarken Gesellschaft nicht stand halten kann, stattdessen unendlich viele weitere Gebote deinen Mitmenschen geben, damit du dich ein wenig göttlich fühlst. ☺

Man kann sich das Leben auch schön reden, Leute (Kopfschütteln☺)

Eure Arroganz hat euch schon mal zum totalen Ausnahmezustand gebracht. Ich sage nur 2 Weltkriege.

Und seit 2014 zeigt sich das mal wieder dass die deutsche Demokratie ordentlich am Zerreisen ist, wie viele **Rechts- Parteien haben in der EU fußgefasst, wie viele Mitläufer fördern allein in Deutschland solche Parteien?**
Doch die meisten Deutschen leben tag täglich ihr Leben weiter, was geht mich die Gesellschaft an,

solange ich Arbeit, Haus, Familie und Wohlstand habe.

Genau solch eine Einstellung ist gerade typisch für einen Deutschen, es beschreibt wieder ganz genau wie einfach manche deutsche Bürger gestrickt sind.

Doch würde jeder Deutsche auch mal neben seiner Haustür Ausschau halten, und Güte, Barmherzigkeit und Mitgefühl zeigen, würden manche Menschen hier zu Lande nicht so einsam sein.

Manchmal genügt alleine ein offenes Ohr für solche seltene Momente. Es muss nicht immer alles Geld kosten, Menschlichkeit, Großzügigkeit, Liebe, und Barmherzigkeit, sind Tugenden eines Menschen, die er ruhig öfter mal einsetzten kann und darf. ☺

Wo fängt Zufriedenheit an und wo hört sie auf?
Wo fängt Wohlstand und soziale Gerechtigkeit an? Und wo hört Sie auf?

alles Fragen die mich auf diesem Wege begleitet.

Nun wieder zu meiner leiblichen Mutter.

Sie schwanger, und hatte es meinem leiblichen Vater
wohl gesagt, aber der meinte nur:

"diese Verantwortung übernehme ich nicht"
Und dann war er eben mal einfach weg, wie
eine Blume die es nie gab.

So saß meine ach so gute Mutter mit mir im Bauch,
ihrer besten Freundin namens Alkoholflasche mit
ganz vielen Problemen auf der Straße.

Kein Dach über dem Kopf, kein Essen, kein Geld.
Und das ging in der ganzen Schwangerschaft so.

Bis die neun Monate vorbei waren. Und dann war es
endlich so weit:

1988 habe ich am 17.03.88 um 11:15 zum allerersten Mal, das Licht der Welt erblickt.

Die Ärzte haben mich untersucht, und haben festgestellt, dass ich eine Lernbehinderung davontragen werde.

Und alles nur weil meine Mutter Ihrer Probleme mit der Sauferei wegtrinken wollte.

Und war so naiv, dass sie mir geschadet hat.

Das nennt man Egoismus.
Nach zwei Wochen Krankenhaus Aufenthalt.

Ist sie mit mir zum Mutter Kind Heim gegangen.
Dort wurde für uns gesorgt.

Denn mit 16 Jahren und
solange sie ihren Alkohol hatte, war
ihre Welt in Ordnung.
Sie hat jeden Abend die Chance genutzt, und ist auf Partys gegangen.
Und sie hat mich dort im Mutter Kind Heim zurück gelassen. Nachdem Motto, sollen sich doch andere Leute um diese Plage kümmern.
Ihr waren Partys und Alkohol wichtiger, als ihr Kind.

Das Heim machte diesen Zustand nicht lange mit und meldete diese Geschichte dem Jugendamt.

So kam es, das 1988 im August, das Jugendamt dem Kinder-Mutter-Heim mitteilte, dass Petra das Kind nicht behalten darf, und teilte dies auch Petra mit folgenden Worten mit:

"Sascha braucht eine richtige Familie, wo er sehr gut aufwachsen kann. Wir sehen, dass sie einfach zu jung sind, um sich richtig um Sascha zu kümmern. Und außerdem haben sie auch psychische Probleme".

Und so suchte das Amt eine geeignete Pflegefamilie, für mich.
ENDLICH EINE RICHTIGE ENTSCHEIDUNG

Im August hat das Jugendamt eine Pflegefamilie für mich gefunden.

Karin und Wolfgang kamen ins Mutter-Kind-Heim, wo sie mich betrachteten, Wolfgang wollte nicht noch ein Pflege Kind, dies war mir gleich klar, deshalb habe ich mich gleich auf meine Pflegemutter fixiert, und kullerte mit meine großen braunen Augen so herum, Karin verliebte sich gleich in mich . ☺

So hat Gott, mir eine wunderschöne Pflegefamilie geschenkt.

Karin und Wolfgang hatten noch vier Kinder, es waren drei eigene Kinder und ein Pflegekind und ich dazu.
So war unsere Patchwork Familie komplett

Der Erstgeborene der Familie war Marc,
der Zweitgeborene war Jan Philipp und die dritte Martina.

Da sind die drei eigenen Kinder von Wolfgang und Karin. Jenny und ich blieben als Pflegekinder übrig ☺

Jenny ist ein bildhübsches Mädchen, dass schon als Kind immer wusste was sie einmal werden möchte, Jenny ist eine Mischung aus Thailand und Spanien.

Ihr könnt euch vorstellen wie diese Gene sich äußerlich bemerkbar machten Siehe Bild….

Nun ich war und bin sehr dankbar, dass diese Pflegefamilie mich vor einem Heimdasein bewahrt hat.

Ich wünsche mir vom Herzen, das viele auf dieser
Welt, denen es sehr schlecht geht, auch so eine

Chance bekommen. Weil jeder braucht einen Menschen der ihn lieb hat. Im Klartext: jeder braucht eine Familie und Freunde. Ohne die hätte man keine Freude am Leben. Ob reich oder arm, jeder ist auf seine Art einzigartig. Und darauf sollte man stolz sein. Und deswegen steht es nun mal fest, dass jeder Liebe und Geborgenheit braucht. Jeder hat was Besonderes. Und es liegt bei jedem selbst, was er aus seinen Leben macht. An diesen Tag wusste ich noch nicht, was in den Jahren noch auf mich zukommen würde.

DAS LEBEN BEI DER PFLEGEFAMILIE

Karin und Wolfgang, haben mich dann, mit nach Hause genommen.

Sie haben 5 Jahre zuvor in Garbsen gebaut, das Haus ist sehr groß mit 16 Zimmern und ein großen Garten.

Meine neuen Geschwister, haben viel mit mir gespielt. Das sich das Verhältnis 2013 derbe ändern würde, wusste da noch keiner, auch nicht, wie viele anstrengende Momente vor ihnen lagen. Denn eins war klar........ Sascha war ein ganz besonderer, und aufgeweckter Knabe, der sich und sein Umfeld rund um die Uhr beschäftigen konnte.

Ach liebe Leser. ☺
Beinahe hätte ich es vergessen, Martina ist ganz doll schwerbehindert.

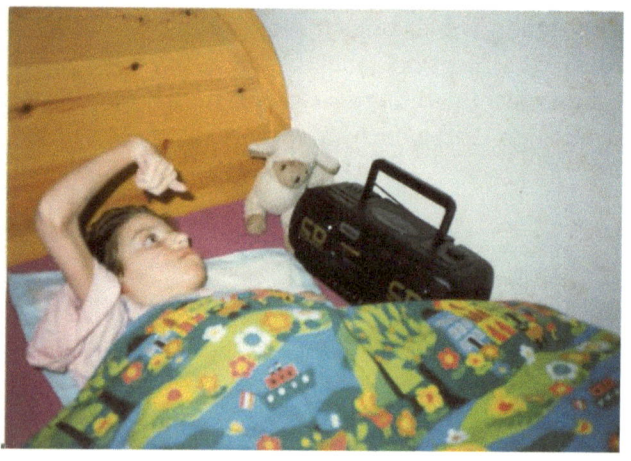

Sie ist ein ganz besonderes Wesen, anders für diese Welt. Trotz ihrer starken körperlichen Einschränkung, kämpfte sie täglich ums nackte Überleben.

Für Karin & Wolfgang war diese Hürde sehr schwer, doch Martina wurde als vollständiges Familienmitglied anerkannt und geliebt. Martinas ständiger Begleiter war das Bett und der Rollstuhl, fast jeden Abend musste sie ins Krankenhaus, da gewisse Organe in Funktion gehalten werden mussten.

Martina hat kein schönes Leben, sie hat vom Leben fasst nichts mit bekommen. Wenn man Sie ansah, tat sie einem schon leid.

Nun ja das ist der Lauf der Natur; meine zwei Brüder und meine Schwester, fanden mich da noch süß. Aber sie wussten da noch nicht was ich später für ein Wirbelwind werden würde.

Nun ja ☺
ich hatte da ja noch mein Baby Bonus. Im September 1988 habe ich auch neue Großeltern bekommen, die sehr liebevoll waren. Ich bin nun erst 6 Monate und 10 Tage alt.

Als meine Show-Unterhalter namens Geschwister keine Zeit hatten, und ich mein erstes Abenteuer startete begab ich mich auf große Expeditionsreise im Hause Hinz & Co.

Die Expedition die ich unternahm, lautet, die ersten

Krabbelversuche in dem Vierfüßler stand.

Ich war 7 Monate alt, als ich mich hinsetzen konnte, und mit den Händen aufstützte. So ging das Jahr schnell vorbei, und jetzt beginnt für mich die erste Weihnachtszeit.

Mit meiner neuen Pflegefamilie und dann liebe Leser, habe ich als kleiner Wirbelwind, zum ersten Mal. Sylvester gefeiert.

Das Jahr 1989 fing an. Im Januar spielte ich grade mit meinen neuen Sachen, die ich zu Weihnachten von meiner Pflegefamilie bekommen habe. Ich entdeckte auf einmal, dass man, die Sachen die ich bekommen habe, auch in dem Mund nehmen konnte.

Nun hatte ich eine neue Beschäftigung. Meine richtige Mutter war wieder schwanger, sie war jetzt 17 Jahre alt. Und sie hat einen neuen Mann kennengelernt.

Er hieß Michael und war der perfekte Mann für Petra, er hatte schwarze lange Haare und ein schwarzen Lippenbart. Beide ergänzten sich prima, denn Alkohol war wohl beider Lieblingsbeschäftigung ☺
Nun ja, wer es braucht und seinen eigenen Verstand versäuft, der soll so leben. Jeder ist wohl für sich und sein Leben selbst verantwortlich.

Sie startete wieder einen Versuch, und ging zum Jugendamt und sagte zu denen.

,,Ich habe mein Kind weggegeben. Aber jetzt bekomme ich ein zweites Kind, und würde Sascha gerne wieder haben"

.Aber das Jugendamt sagte zu Petra...!

„ Bevor sie das Kind wieder bekommen können, müssen Sie eine ordentliche Wohnung und eine ordentliche Arbeit haben"

So vergingen etwa 2 Monate.

Meine Mutter ging zum Jugendamt, und sagte zu denen:

"Jetzt habe ich eine richtige Arbeit und eine richtige Wohnung"

Aber das Amt hat nur erwidert:

, Hören sie zu, Frau Cox sie haben zwar eine Wohnung. Aber ihre neue Arbeitsstelle, haben sie nach drei Wochen aufgegeben, tut uns leid, Sascha bleibt bei der Pflegefamilie"

So hatte ich Glück, und bin dann bei meiner tollen Pflegefamilie geblieben.

Und meine Mutter hat dann den Versuch, auf gegeben um mich für immer zu holen.

So kam sie im Januar und hat mich besucht, und hat mich gefüttert.

DAS JAHR VOLLER ÜBERASCHUNGEN!

DAS JAHR VOLLER ÜBERASCHUNGEN!

Es war wie gesagt, das Jahr 1989.
Die Osterferien fingen an.
Die Familie Hinz, mit mir als Baby, fuhr in dem Urlaub.

Das war einer der schönsten Momente in der Pflegefamilie.

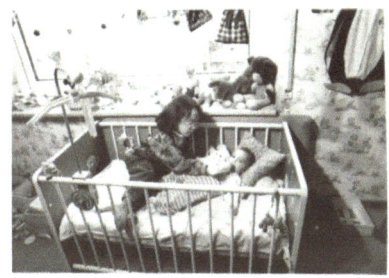

Jetzt komme ich nochmals zu meiner richtigen Mutter.

Am Ende der Osterferien hat Petra angerufen und hat gesagt. ,,Morgen kommt mein Freund und holt Sascha für 2 Tage zu uns". Liebe Leser, die zwei Tage waren sehr schlimm für mich. Weil 1. die Wohnung, sah sehr verwahrlost aus. Und 2. War die Wohnung sehr dreckig. und überall, lagen Bierflaschen herum.

Da sieht man, dass meine Mutter auf das Leben pfeift. Ich wahr sehr froh als Michael, mich wieder zu meiner Pflegefamilie zurück brachte. Im Mai konnte ich schon die Treppe, bis nach oben hochklettern. Da war ich 1 Jahr alt. Meine richtige Mutter, hat es nicht für nötig gehalten Kontakt zu halten und meldete sich sehr selten bei mir.

Im August wurde meine Halbschwester geboren. Das Mädchen heißt Jessika Cox. Im Oktober musste ich schon wieder zu meiner Mutter. Ich weiß noch von Bildern und Erzählungen, dass ich neben meiner Schwester in der Küche von meiner Mutter saß und wir haben uns mit Essen beworfen.

Das war lustig, da waren wir noch Babys. So ging das Jahr 1989 zu Ende. Und natürlich, hatte ich auch im diesem Jahr tolle Momente. Das Beste war der Urlaub im Frühjahr. Und natürlich haben sich auch in diesem Jahr meine Geschwister liebevoll um mich gekümmert. Ja, ja, liebe Leser sie wussten ja nicht, dass ich in nächsten Jahren ein Kotzbrocken werden würde.

Mama Karin hat mir immer Gute Nacht Geschichten vorgelesen. Das ist die beste Mama, die ich je kriegen konnte.
Es war das Jahr 1990.

Ich war 2 Jahre alt. Und meine Behinderung kam schon leicht zum Vorschein. Wenn ich was nicht bekommen habe. Bin ich gleich wie ein Rumpelstilzchen an die Decke gesprungen. In diesem Jahr habe ich auch einen epileptischen Anfall bekommen. Aber meine Pflegemutter, ging mit mir auf dem Arm zum Arzt. Und auf einmal war alles in Ordnung. Aber im Wartezimmer, habe ich wieder, die Augen verdreht. Dann musste ich schnell zum Doktor hinein. Doch vom Wartezimmer bis zum Doktor war alles wieder in Ordnung. Aber als wir beim Doktor drinnen waren, ist das ganze Drama wieder los gegangen. Seit dem ist der Anfall nie wieder gekommen. Mit zwei Jahren, konnte ich Ja und Nein zu unterscheiden, und habe meine ersten Worte gesagt.

Trinken hieß tinken, Jan Philipp hieß Lili, und Jenny hieß Nenny. Und Martina: hieß Nina. Das waren meine ersten Worte die ich ausgesprochen habe.

In diesem Jahr wurde ich getauft.

Es war ein Spektakel, der feinen und lustigen Art. Es war der große Tag für mich. Heute werd ich ein Gläubiger, ein Christ und ein Kind Gottes. Alles in Allem, werde ich in der Gemeinde auf genommen.

Es war die Taufe. Die Tauffeier findet in Horst statt. Horst ist eine wunderschöne, mittelgroße Dorfgemeinschaft mit 350 Einwohnern. Die meisten hatten ein Familienhaus. Wir gehören auch dazu. Horst lag in der Region Garbsen. Und Garbsen liegt bei Hannover.

Nun, komme ich jetzt zur Taufe zurück.

Heute ist der   7.05.1990. Es fand in der, e.v.- luth. Kirche statt. Die Kirche war sehr voll. Vorne am Taufbecken, standen die Verwandten und die Angehörigen, der Familie Hinz und Grübler. Mama Karin hatte mich auf dem Arm. Nur was sie nicht wusste, dass ich mit 2 Jahren schon die Kraft von Popeye hatte. Jedenfalls hat die Tauffeier begonnen, und der Pastor Dieter, hat mir vom Taufbecken Wasser über den Kopf geträufelt.

Und sagte „Gott verspricht, ich will dich nicht verlieren noch von dir weichen" Ich schaute ihn nur doof an, und dachte was ist das denn für einer. Unter dem Motto, spinnt der Mann im schwarzen Kittel? Bevor der Mann im schwarzen Kittel zu Ende reden konnte, dachte ich, jetzt wird es mir zu bunt. Diese vielen Leute was wollen sie von mir. Und dann schaute ich zu dem Schwarzkittel- und fand die Beine interessant. Es war mir sehr langweilig und ich bin von Karins Arm gehopst und im Nu unter den Beinen des Pastors herumgekrabbelt. Das war ein Spektakel, die ganze Kirche hat sich vor Lachen nicht eingekriegt. Da wusste ich schon, dass ich das Publikum zum Lachen bringen kann, weil die Begabung da ist. Vielleicht wusste ich da schon, dass ich mal Schauspieler werden will?

Und Karin war es peinlich - meine ach so gute Mutter, die das Alkohol Problem hatte, fand die Kirche nicht. Dabei sieht man die Kirche in Horst schon von weitem. Denn normalerweise macht man die Augen auf. Was zu bedeuten hat, dass meine Mutter eine bräsige Frau ist. Das heißt auf Deutsch, sie ist stock blöd. So kam es, dass Madam sich nicht mehr meldete. In Juli fuhren wir nach Dänemark. Und machten dort Urlaub. Es war sehr schön.

DIE JAHRE WO MEINE LERNBEHINDERUNG ZUM VORSCHEIN KOMMT!

Es war das Jahr 1991. Und in diesem Jahr geschah etwas Besonderes. In Januar war mein erster Tag im Kindergarten. Kevin hat mir den Kindergarten gezeigt. Der Kindergarten hat 30 Zimmer und einen großen Hof, wo es viele Spielmöglichkeiten gab. Dieser Kindergarten lag in Wunstorf, am Bahnhof. Liebe Leser mit drei Jahren, müsst ihr wissen, dass ich schon sehr frech und ein aufsässiger Rotzlöffel war. Die anderen haben sich schon am 2. Tag, von mir abgewandt. Kein Wunder - ich habe mich ja auch wenn andere zusammenspielten dazwischen gedrängt - wollte mitspielen. Und wenn einer nein sagte, habe ich demjenigen eine runter gehauen oder gespuckt. Das fanden die gar nicht lustig. Ich brauchte ja immer jemand, der auf mich aufpassen musste.

Ich hatte sonst immer Unfug im Kopf. Und habe auch immer Unsinn im Sinn.

So war der erste Tag vorbei. Am nächsten Tag holte der Bus mich um 7:00 Uhr ab. So ging des jeden Tag, jeden Monat, das ganze Jahr hindurch. Im Bus war immer was los. Ich war sehr vorlaut und habe alle genervt. So machte ich mich unbeliebt. Jeden Tag habe ich mir eine neue Untat ausgedacht. Und habe auch Mist gebaut. Ja, liebe Leser ich war damals ein lebhaftes Kind, und ein Rebell noch dazu.

Mein Problem war eigentlich, dass ich immer der Chef sein wollte. Und das hat den anderen nicht gefallen. Mein Lieblingsspiel, war, dass ich mich immer wie ein König verkleiden wollte.

Im Kindergarten spielte ich, dass ich Hakon der Kronprinz von Norwegen war, und Madeleine, die mit mir immer spielte und eine gute Freundin war, spielte mit mir mit. Es hat sehr viel Spaß gemacht.
So entdeckte ich das Hobby Adel.

Wir haben auch manchmal Ausflüge gemacht sind auch öfters schwimmen gewesen. Das Essen hat dort immer sehr lecker geschmeckt. Ihr fragt euch warum ich noch weiß, was ich mit 2 Jahren gemacht habe. Ich verrate es Euch liebe Leser. Ich habe die Begabung, dass ich weiß was ich in der Kindheit so getan und erlebt habe.

Was ich gut fand, dass es sehr viel Spielzeug gab. E s gab Playmobil, Legosteine, Autos, Puppenspiele, Fahrräder, Inliner, Spielgeld und viele Sachen die ein Kinderherz glücklich machen.

Zum Thema Adel.
So habe ich als 3 jähriger gedacht, gefühlt, und gehandelt. Ich war ja nur 3 Jahre alt. So hatte ich eine Beschäftigung, und konnte keinen Unfug machen.

Ein großes Lob an all die Pädagogen, die in den 18 Jahren versucht haben mich zu bändigen. Also die, mit denen ich in den 18 Jahren zutun hatte. Denn ich war nicht immer sehr einfach. Und das tut mir auch leid - Fehler kam man nicht rückgängig machen, man kann nur daraus lernen, und es das nächste Mal besser machen. Ich brauchte lange um das einzusehen. Ein schwaches Bild von mir liebe Leser. Das musste ich mal loswerden. So komme ich zurück zu dem Jahr 1991.

Das Jahr war auch was Außergewöhnliches. Nebenbei war ich auch mit drei Jahren in der Kirche mit einbezogen. In den Osterferien bin ich mit der Kirche weg gefahren. Dieser Ort war in der Nähe von Hannover. Das Haus wo wir drei Tage übernachten wollten, war wie eine Burg. Es wurde im Burgstil gebaut, wir kamen gegen 13:30 an. Und der Pastor hat die Zimmer eingeteilt. Nicht das ihr denkt das es eine Burg war. Nein falsch gedacht liebe Leser. Das war außen eine

Burg mit Türmen. Und in der Mitte war ein großes Haus aus Stein und Holz. So sah die Herberge aus. Jetzt komme ich zum wesentlichen Punkt zurück. Wir haben ja die Zimmer bekommen. Und haben die Koffer ausgepackt. Wir haben uns dann im Saal getroffen. Es stand im Saal eine lange Tischtafel.

Wo sehr viele drum herum passten. Ich habe mich wie ein König gefühlt. Dann war der Tisch schon gedeckt. Ich weiß noch es gab Nudeln mit Tomatensoße. Ich habe nur sehr wenig gegessen, weil ich damit beschäftigt war, wie ein Wirbelwind herum zu geistern. Das heißt, ich war immer in Bewegung. Nach dem Essen Haben wir uns hinter dem Haus, auf der großen Wiese getroffen. Ich weiß noch, dass hinter dem Haus ein Bach war, wo eine kleine Brücke hinüber führte. Und da war auch schon die große Wiese. und drum herum war Wald.

Wir haben auf der Wiese Spiele gespielt. Ach bevor ich es vergesse: Wir sind am Freitag angekommen und Sonntag war die Abreise. Na ja, es war wie gesagt Freitag und abends. Ich habe nur Blödsinn gemacht. Ich bin rumgelaufen, und habe alle geärgert. Ich war nur nervig. Der Pastor sagte zu mir "Sascha es tut mir leid, aber du machst alle verrückt. Deswegen musst du morgen wieder zurück". Am nächsten Tag wurde meine Mutter angerufen. Und 3O Minuten später war sie dort. Sie nahm meine Tasche, und sagte zu mir "So mein lieber Freund, ich bin stinke sauer auf dich. Zur Strafe darfst du eine Woche nicht fernsehen. " Das war die härteste Strafe die man mir geben konnte. Weil das Fernsehschauen meine Leidenschaft war. Sie hat von der Jugendherberge bis Garbsen im Auto nichts gesagt. Das war sehr schlimm für mich.

Ach bevor ich es vergesse:
Zum Thema Adel. Mit 3 Jahren habe ich mich ja dafür interessiert. Ich fand an Adel folgendes interessant: Die Hochzeiten, Krönungen, Beerdigungen, und das Auftreten von ihnen. Das ging in den nächsten Jahren weiter. Es gibt viele Königshäuser auf der Welt. Ich hatte mein Lieblings Königshaus. Und fand es so toll, als hätte es was mit der Mission Gottes zu tun.

DIE BEGEISTERUNG ZU DEN KÖNIGSHAUSERN!

Als 3 Jähriger Junge, habe ich mir gewünscht, dass ich in einer Königsfamilie lebe. Das war mein Kindertraum. Ich fand die Eleganz von ihnen gut. Was mich noch begeisterte, waren die Burgen und die Schlösser. Die Könige hatten immer etwas Tolles an sich. Es lag wohl an der Krone. Aber die fand ich auch immer bezaubernd. Wie gesagt, mein Lieblings Königshaus war Schweden. Warum?

Werden sie im Jahre 93 erfahren. Aber eins kann ich sagen, dass, das schwedische Königshaus und ich irgendwann einmal in Verbindung kommen werden. Warum, weil es die Prophezeiung von Gott so will. Klingt verrückt, aber ist so, es gibt manche Sachen die passieren werden, wo man gar nicht mit rechnet. Diese Prophezeiung wurde mir damals in die Wiege gelegt. Man sagt, dass es viele Leben vor der Geburt gibt. Ich hatte im vorherigen Leben was mit dem Königshaus von Schweden zutun.

Klingt verrückt ☺
aber ist die einzige Erklärung warum ich als 3 Jähriger mich schon für das schwedische Haus interessierte.
Schon der Urgroßvater von König Carl Gustaf, (König Gustaf V) glaubte an das Leben nach dem Tod.
Und das gibt es auch, wie das vorherige Leben. Sonst würde ja nicht in Japan eine Schule geben, wo solche übersinnlichen Kinder, zur Schule gehen. Die sich an zahlreiche Dinge aus früheren Leben, erinnern und sie auch beschreiben können

Es wird leider von vielen Eltern nicht war genommen, wenn Kinder sagen, „Mama ich habe einen Engel gesehen". Den meisten Eltern ist es unheimlich, und sie verbieten ihnen, je davon zu erzählen. Ich sage doch es gibt Sachen da draußen, die wir uns nicht im Entfernten vorstellen können, oder geschweige erklären. Wisst Ihr warum, weil die meisten es nicht war haben wollen. Und das ist falsch. Die Kinder werden als verrückt und nicht der Öffentlichkeit, als nicht fähig erklärt. Es ist der Neid, dieses Wissen nicht haben zu dürfen.

Ja das war schon so eine Sache. Wir waren auch im Sommer 1991 an der Ostsee. Ich danke Gott, dass ich so eine tolle Familie habe. Sie haben sich immer sehr liebevoll um mich gekümmert.

Es war sehr stürmisch und nass und kalt. Aber wir hatten viel Spaß.
Es fing das Jahr 1992 an, die Weihnachtsferien waren schon bald vorbei. Ich freue mich schon auf den Kindergarten. Weil ich da wieder viel toben und Blödsinn bauen kann. Ha, ha, ha ! ! Im diesem Jahr gab es oft sehr viel Stress, weil ich immer versucht habe meinen Willen durchzusetzen.

Ich war ein richtiger Draufgänger mit 4 Jahren. Es ist aber trotzdem keine Entschuldigung für mein schlechtes Verhalten.
Mama hatte es nie sehr einfach mit mir.

1. Weil ich bei Kritik und Strafen gleich an die Decke gesprungen bin.

2. Weil wir ja noch ein behindertes Mädchen haben. Dieses Mädchen war Karin und Wolfgangs eigenes Kind. Martina war ein Pflegefall. Sie war mit mir in einem Zimmer. Abends, wenn alle im Haus schliefen,

habe ich das Licht angemacht, und habe mich neben sie gesetzt - und sie angeschaut - ihr ein Lied gesungen - dachte nur, wieso muss sie so leiden - sie hat ein besseres Leben verdient. So Liebe Leser sonst habe ich von 1992 nichts mehr zu erzählen. Wie gesagt ich bin 4 Jahre alt.

ES BRACH DAS JAHR 1993 AN, DAS JAHR WO MEIN HERZ SICH IN KRONPRIZESSIN VICTORIA VERKUCKT HAT...☺

Ja nun war ich 5, meine Mutter war im Badezimmer, und ich aß mein Brot auf, und kam ins Badezimmer hinter her. Ich ziehe mich aus und ging in die Badewanne, wo Mama mich dann gewaschen hat. Danach ziehe ich mein frisch gewaschenen Schlafanzug an, und setzte mich vor dem Fernseher.
Ich schaute mir eine Dokumentation von der Schwedischen Königsfamilie an, die gerade im Fernsehen lief. Und auf einmal war dort Kronprinzessin Victoria, die mit ihren 16 Jahren so bezaubernd aussah.

Es war in mir so ein Gefühl, das ich bisher noch nicht kannte, ich fragte mich ob dieses wunderschöne Gefühl normal war. Ich rief nach meiner Mutter, die natürlich schnell ankam, weil
sie dachte, dass mir etwas passiert ist.

Ich sagte „Mama kuck dir mal diese wunderschöne und bezaubernde Prinzessin an, wenn ich groß bin möchte ich sie heiraten" sie erwiderte nur „ Ja mein liebes Kind, wenn du fest daran glaubst, und für dieses Ziel sehr hart kämpfst, dann könnte es vielleicht, mit einer priese Glück wahr werden. Du musst nur auf dein Herz hören, denn das wird Dich zu Victoria führen". Sie ging wieder ins Badezimmer, und war dann in meinem Zimmer und bezog das Bett frisch. Seit dem gehörte diese wunderschöne Frau zu meinem Lebenstraum. Seitdem träumte ich jede Nacht von ihr.

Gab es aber nie zu, wenn andere dabei waren. Da sie mich ja auslachen könnten. Nur so konnte ich mir das erklären, warum ich mich seitdem an die schwedische Königsfamilie so klammerte. Es ist eine innere Mission und eine Aufgabe die Gott mir gestellt hat. Tag für Tag, Monat für Monat und Jahr für Jahr - lebt diese Prophezeiung in mir. Wie gesagt es ist das Jahr 1993.

Im Sommer ca. Juli, sind Karin und ich auf einer Behinderten Freizeit mitgefahren. Die Freizeit war vom Bundeswehr-Sozialwerk e.V. Mama ist dort als Betreuerin mitgefahren. Und ich war mit dabei. Mich konnte man ja nicht alleine lassen. Die Freizeit dauerte 3 Wochen. Wir fuhren zum Busbahnhof in Hannover. Und da stand auch schon der Reisebus der uns alle mit nahm.

Es waren 38 unterschiedlich geistig Behinderte. Ich habe mich mit den Behinderten schnell angefreundet. Und bei den 22 Betreuern war ich schnell der kleine Liebling.

Mein Trick war es wenn ich mit meinen großen braunen Augen die Leute anschaute. Habe ich sie in meinen Bann gezogen. Sie haben dann immer gesagt: "Oh ist der aber niedlich. Das ist ja ein reizendes Kind. Und es ist sehr lebhaft". Um 8:00 Uhr sind wir vom Bus Bahnhof Hannover losgefahren.

Die Freizeit ging nach Emlichheim. Dieser Ort liegt zwischen Eschede und Apeldoorn. Es ist nicht mehr weit bis zur niederländischen Grenze. Da war dann schon Holland. Die Fahrt dauerte nur 5 Stunden.
Der Chef, Günni und Christa haben alle begrüßt.
Es war eine Bomben Stimmung im Bus. Alle unterhielten sich und sangen. Und alle waren gut drauf. Und es waren alle natürlich aufgeregt. Und nach langer Fahrt. Über Land- und Autobahn sind wir nach 5 Stunden um 13:OO Uhr endlich in Emlichheim angekommen.

Die 38 behinderten Menschen stiegen aus dem Bus. Und die 22 Betreuer auch. Der Chef, Günni sagte zu uns, dass wir nicht so aufgeregt sein sollen.

Jeder packte an wo es nur ging. Auch ich packte mit an. Naja ihr könnt euch ja vorstellen liebe Leser, wie ein 5 Jähriger mit hilft. Da war noch ein Mädchen, sie hieß Minnie. Wir tobten mit einander. Ich war 5 Jahre alt und sie war 6 Jahre alt. Jeder nahm sein Gepäck und ging auf die Zimmer die Günni und Christa zu geteilt haben.

Betreuer, die jeder einzelne hatte,
haben beim Auspacken geholfen. Danach sind alle zum Essen gegangen. Ich saß bei Günni und Christa am Tisch so wie auch Minnie und ihre Mutter. Günni hat mir noch Benehmen beigebracht. Am Nachmittag haben wir ein paar Spiele gespielt. Meine Mama war meine Betreuerin. Alle haben sich um mich gekümmert.

Sie fanden mich ja auch nett.

Abends hat Günni mich ins Bett gebracht. Er hat mir die Windel gewickelt. Und dann hat er mir eine Gute Nacht Geschichte vorgelesen.

Daniel wohnte auch bei mir im Zimmer. Er hatte oft Heimweh aber ich habe mich lieb um ihn gekümmert. Ich habe schnell meine Hose angezogen, und bin herum gewirbelt. Man nannte mich immer „Sascha der Wirbelwind". Am Abend als ich im Bett lag, haben sich die Betreuer zusammen gesetzt

und ein Spiel gespielt. Es war eine neue Betreuerin da. Die anderen kannten es schon. So begrüßte man neue Betreuer. Das Spiel hieß Piloteschein. Das Spiel ging so:

1. zwei Stühle standen sich mit der Sitzfläche gegenüber. Günni war der Pilot.
Und gegenüber saß die neue Betreuerin. Und hinter der Betreuerin saß eine andere und unter ihrem Stuhl, stand ein Eimer voll Wasser. Und im Eimer war ein Schwamm. 2. Es ging wie bei Kommando Pimpele Günni sagte was und sie musste es nach machen. Sie konnte nicht sehen was die Person hinter ihrem Stuhl machte. Auf einmal sagte Günni zu ihr "So jetzt kommen wir in einen Sturm und wir stehen auf". Und in dem Moment als Günni es sagte und sie aufstanden.
Legte die Person hinter der Betreuerin den nassen Schwamm auf ihren Stuhl. Und Günni sagte dann ganz schnell "So der Sturm ist zu Ende" und sie setzten sich schnell wieder hin. Und auf einmal hatte die neue Betreuerin einen nassen Po. Ha, ha, so begrüßte man neue Betreuer. Wie gesagt ich hatte ja die Hose an und war beim Frühstück. Und dann kam eine wunderschöne Frau herein. Mit einer bezaubernden Morgenfrische und wunderschönem goldenem Haar. Es war meine liebe Mama. Nunja, sie sah ja immer super aus.

Am nächsten Tag sind wir auf einen Bauernhof gefahren. Dort konnte man reiten, spielen und toben. Es hat sehr viel Spaß gemacht. Wir sind dann nach Amsterdam gefahren. Es war sehr lustig. Und am Abend haben wir eine Hochzeit gespielt. Christa war die Braut, und ich war der Bräutigam. Ich weiß noch wo meine Mutter versucht hat mich mittags ins Bett zu bringen, es war eine Quälerei weil ich immer Theater machte.

Es kam dann noch eine Seeräuber Geschichte. Und dann begann die Schatzsuche. Das war eine Freude. Von 1993-1999 bin ich im Sommer immer in diese Freizeit mit gefahren.
Aber da komme dazu ich wenn es so weit ist. Am letzten Tag machten wir eine Grillparty.
Es war sehr lustig und amüsant.

Am nächsten Tag sind wir wieder zurück gefahren. Manche waren sehr traurig und ich auch. Ich wollte noch ein paar Tage länger bleiben.

So liebe Leser das war die Freizeit in Emlichheim.

Na ja, im Herbst bin ich wieder auf Kirchenfahrt mit gefahren. Diesmal ging es an die Ostsee. Das Gelände sah so aus. Es war von oben gesehen ein Viereck. Das Viereck war der Damm. Und in der Mitte war eine Windmühle, und drum herum standen vier Häuser, eines aus Stein, dort gab es den Speisesaal, die Duschen und die WCs.

Und es gab noch einen Raum wo wir Spiele spielten und Andachten hielten. Die anderen Häuser waren

aus Holz. Das Erste war das Mädchengemach. Und das Zweite war das Haus der Betreuer. Und das Dritte war das Jungenhaus.
Es war sehr toll.

Wir waren von Donnerstag bis Sonntag an der Ostsee. Liebe Leser ich nannte es immer "Dünen Burg" weil es dort wie eine Festung aussah. Und nein liebe Leser diesmal musste ich nicht abgeholt werden. Auch ein oller Bönisch lernt dazu. Am Donnerstagabend. Hat der Pastor mit uns und seiner Gitarre Kirchenlieder gesungen.

Am Freitag haben wir den ganzen Tag nur gespielt. Am Samstag haben wir auch nicht so viel gemacht. Und am Sonntag sind wir wieder zurück gefahren.

Es war sehr schön. Gegen 14.00 Uhr waren wir in Garbsen. Ich bin gleich zu Melanie gelaufen und habe mit ihr gespielt.

Das war ja lustig. Mama hat eine nette Familie kennengelernt. Man nannte sie die Heißgeliebten von Horst, die Kürten Gang. Es gab drei von dieser Sorte. es war Roswitha, Reinhard und der Sohn Richard.

Sie haben nicht nur ein Herz aus Gold. Nein liebe Leser, sie sind auch deswegen beliebt, da im Alltag die drei eine starke und nette Familie sind.

In den nächsten Jahren besuchte ich Roswitha. Und nahm von anderen Gärten Blumen für meine beste Freundin mit. Und Jahr für Jahr wurden wir die besten Freude.

DAS ENDE VON 1993.UND DER WUNDERSCHÖNE ANFANG „VON 1994".

Es war das Weihnachtsfest 1993.

Ich habe von meiner Familie ein neues Fahrrad bekommen. Da habe ich mich gefreut, dass der Weihnachtsmann so ein kleines Kinderherz glücklich machen kann, hätte ich nicht gedacht. So ging auch dieses Jahr zu Ende.

So brach im Lande das Jahr 1994 an.

Im März wurde Sabellbö am 17.3.94 stolze 6 Jahre alt. Mama hatte es nie leicht mit mir. Martina und ich hielten sie immer auf Trapp. Meine Mutter hätte das Bundesverdienstkreuz bekommen sollen; was sie mit mir schon durch gemacht hat - verdient meinen Respekt.

Und sie hat mich nie im Stich gelassen. Ich war ja nur ihr gefühlseigener Sohn, rein rechtlich bin ich ein Fremder für sie. Deswegen auch die beste Mutter der Welt, sie hätte auch diese Auszeichnung verdient. (wenn es so was geben würde.) Nun musste ich wieder einmal ein paar Tage zu meiner richtigen Mutter, die olle Schnapsdrossel. Sie war noch immer mit Michael zusammen.

Und sie hatten auch schon das dritte Kind bekommen. Das Erste war ich vom andern Mann. Und die andern zwei waren von Michael.

Die kleine Süße heißt Kevin ☺

Ihn den paar Tagen durfte ich die Zimmer aufräumen und die Wohnung sah unmöglich aus. Überall lagen Bierflaschen herum. Nach ein paar Tagen brachte Michael mich zu Karin zurück. Ich erzählte Karin was sie mir für ein Müll erzählten. Und das ich nur aufräumen durfte. Da sagte Mama zum Jugendamt, dass sie nicht mehr möchte dass ich zu ihr gehe.

So musste ich nicht mehr zu der ollen Schnapsdrossel. Erstmal musste ich nicht mehr hin - in den Osterferien 1994. Ich bin in ein Indianer Camp mit gefahren. Wir waren eine Woche dort. Am Freitag sind wir los gefahren wir sind mit zwei Pkws dorthin gefahren. Da waren Kinder die ich gar nicht kannte,
Tja, sie fanden mich nicht so berauschend.

Manchmal braucht man ein bisschen länger um sich kennen zulernen. Unsere Unterkunft war ein großes Holzhaus. Ich schlief mit einem Jungen zusammen im Zimmer. Der Junge war 7 Jahre alt.

Er hieß Lucky. In der Woche spielten die Jungs nicht mit mir. Vielleicht war ich nicht interessant. Ich hatte immer das Pech, dass ich noch ein kleiner Hosenscheißer war und nur 6 Jahre alt. Seitdem fahre ich nicht mehr so gerne auf so eine Freizeit. Ich war heilfroh, als ich nach einer Woche wieder in meinem Bett lag. Wir haben mit der Familie Kürten sehr viel unternommen zum Beispiel

OSTERN ☺

Roswitha, Reinhard, und Karin haben Ostereier versteckt.
Richard K, Jenny, Jan Philippe, und der kleine Wirbelwind ☺ suchten wie Rotkäppchen mit einem Korb, die Ostereier vom Osterhasen die er verloren hatte ein. Das war ein mega Spaß. Oma und Opa haben uns auch immer was mit gebracht, auch, wenn einer Geburtstag hatte.

Dann gab es noch Monika und Axel Herbert. Monika ist die Großkusine von Karin. Und Axel ist ihr Mann. Und dann gab es noch Karlheinz und Joachim. Die zwei sind Karins Brüder, von Oma und Opa die Söhne.

Ich bin froh, dass Gott mir so tolle Großeltern geschenkt hat. Die mich wie ihr eigenes Enkelkind behandelt haben.

Ich wünsche mir manchmal, dass andere auch so ein Glück wie ich bekommen. Also diese Zeilen die ich jetzt schreibe, sind für all jene die denken, dass es kein Glück mehr gibt, und die ihre Freude und den Mut schon verloren haben.

Gebt nicht auf, mag es Euch jetzt auch schlecht gehen und Ihr findet Euch in dieser Welt überflüssig, dann sage ich Euch, "es geht Euch schlecht und keiner versteht Euch.
Denkt daran, Gott hat in diesem Leben eine Zeit vorgesehen wo ihr mal Glück und Freude bekommt. Und den anderen geht es dann schlecht, die sonst nur Glück hatten". Ich habe den Mut auch nicht aufzugeben.

Einmal waren wir im Zoo, war das herrlich.
Karin wusste schon immer wie man einen schönen Tag gestalten konnte. Liebe Leser, als 6 jähriger wusste ich, dass mir irgendetwas im Leben fehlte. Es war mein richtiger Vater. Und auf meine Mutter konnte man sich auch nicht zu 100% verlassen.

Dafür habe ich ja eine tolle Pflegefamilie. Im Sommer 1994, sind wir mal wieder auf so eine Freizeit gefahren. Die Freizeit ging dieses Jahr nach Pleystein. Pleystein lag in Bayern es war ein andrer Chef und andere Betreuer dort.

Es waren wieder drei Wochen, dann war der große Tag, Mama und ich sind auch dahin gefahren. Mama war kurz auf dem Klo, und ich nutze die Chance, und unterhielt die Menschen im Zug. Ich sagte zu den

Leuten ,,Guten Tag, bitte die Fahrkarten, oder bezahlen."

Ich war ja 6 Jahre alt. und meinte dies nur aus Spaß. Die Leute fahnden mich so interessant, dass sie mir Geld gaben. So hatte ich 25 DM zusammen. Meine Mutter sah das Spektakel und dachte: ,,Oh, nein dieser Junge der hat nur Dummheiten im Kopf. Und es war ihr peinlich. Sie entschuldigte, sich für mein Verhalten und ging. Da sagte ein Mann zu meiner Mutter: ,,Dieser Junge hat ein Herz aus Gold das haben nicht viele. Ich habe seit langem nicht mehr so gelacht".
Die Freizeit in Pleystein war sehr gut. Es hat mal wieder Spaß gemacht und ich habe auch Freunde gefunden. Nun ja das war die Freizeit. Im August haben Wolfgang und ich seine Schwester besucht.

Es war sehr toll. Im Herbst ist was Schlimmes passiert. Im Keller hatte ich ja mein Reich und da war auch mein Hochbett. Um 20:15 Uhr brachte Mama mich ins Bett, und ich bin sehr schnell eingeschlafen.

Im Schlaf habe ich wohl schlecht geträumt und bin mit dem Kopf auf die Bettkante geknallt. Und hatte ein Loch im Kopf. Und es fing an zu bluten.
Ich schrie ganz laut und meine Mutter kam herunter und sah das viele Blut. Sie rief den Notarzt an und dann Roswitha. Sie war sofort da, und tröstete mich

Und ich weinte und weinte und schrie aus dem Halse was das Zeug hielt.

Um 21:30 war die Geschichte passiert. Und um 21:45 war der Krankenwagen da. Und um 0:00 war der Doktor mit mir fertig. Und wir fuhren nach Haus, und da war auch schon das Bett frisch bezogen.

Das war ja wieder ein Spektakel im Haus Bönisch das glauben Sie gar nicht oh, oh, oh! Da kann man nur sagen. "Dieser olle Bönisch der hat nur Scheiße im Kopf, wann lernt er es endlich". Aus Fehlern kann auch ich lernen.

Wir haben im Kindergarten eine Übernachtung gemacht. Ja, ja auch dieses Jahr ist schnell umgegangen. Es ist Weihnachten alle Verwandten sind gekommen. Oma und Opa kam mit dem Wohnmobil. Sie stiegen aus, und kam mit den Geschenken herein. Oma setzte sich aufs Sofa, da sagte Opa zu Oma, und ich stand dabei." Du Erika, hast du das Geschenk für Sascha mitgenommen?
"Nein, Ich dachte du hast es mitgenommen".
Sagte Oma. Opa sagte dann „ich schaue mal mit Sascha im Wohnmobil nach"

Und das taten wir auch. Opa sagte zu mir
"Dann schau mal ob du dein Geschenk findest".
Und ich suchte und natürlich, liebe Leser, ihr kennt den Spruch ja wer sucht der findet ".

Und da war es im Schrank. Es war so groß wie ein Umzugskarton.

Mann, waren da meine Augen groß.

Ich rannte mit dem großen Geschenk ins Haus. Opa kam hinter her und grinste Oma nur an.

Das hieß Oma und Opa haben sich einen kleinen Scherz erlaubt. Aber die hatten die beiden schon immer gerne gemacht.

Ja, ja liebe Leser sie waren immer schon für einen Scherz offen. Mama war schon mit der Gans, den Kartoffeln und mit dem Rotkohl fertig.

Das Essen war ja fertig. Und wir essen und, wo der aller letzte fertig war, sagten Jan Philipp, Jenny und ich ein Gedicht auf. Marc war schon zu groß um ein Gedicht aufzusagen.

Martina war in Maulbronn zur Kur. Es war sehr schön, alle Lachten und redeten mit einander. Da klingelte das Telefon. Mama nahm das Telefon und ging in die Küche. Es war eine Therapeutin aus Maulbronn wo Martina ist. Sie sagte zu Mama.

,,Es fällt mir schwer ihnen das jetzt zu sagen. Frau Grübler Ihre Tochter Martina ist vor einer Stunde gestorben. Es tut mir von Herzen leid, mein Beileid. Tschüss Frau Grübler". Mama sagte auch ,,Tschüss" Und legte auf. Sie fing an zu weinen. Es waren noch alle gut drauf, und sie ahnten nicht was sie gleich hören würden. Mama kam in die Stube hinein und alle sahen, dass sie sehr traurig war, und da fragte ausgerechnet ich, warum sie so traurig ist. Und alle schauten sie an. sie sagte zu uns allen.

,,Vor einer Stunde ist Martina gestorben".

Und brach in Tränen aus. Es war im Raum sehr still. Dann brach die Trauer aus. Viele fingen an zu weinen. Ich am meisten, die andern hielten sich noch mit ihre Trauer ein bisschen zurück. Ich schrie und weinte und weinte. Das Schlimmste daran war, dass ich so geweint habe.
So unter dem Motto, meine Tochter ist tot, und der am wenigsten versteht, weinte am lautesten. Das war für alle sehr schwer. Nun ich war ja 6 Jahre alt. Ich dachte warum hat Gott sie geholt und hat sie nicht am Leben gelassen, vielleicht war das für sie das Beste. Ihr wisst ja wie schwer krank sie war. Nun ja das ist nun mal der Lauf der Natur.

DAS JAHR INDEM ICH ZUM ERSTEN MAL ZUR ,,SCHULE" GEHE

So fing liebe Leser das Jahr 1995 an.

Im diesem Jahr wurde ich 7 Jahre. Mama war im Chor kräftig dabei. Sie fuhr manchmal ins Wendland zum

Chortreffen. Das war immer an einem Wochenende. Das war so zu sagen eine Übung Chorwochenende. Die einfache Sprache da für war Fortbildung für Chorsänger.

Mama und ich fuhren am Freitag dort hin. Und am Sonntag kamen wir zurück. Es war sehr schön. Wir haben in einem 2 Sterne Hotel. Es war mehr oder weniger ein Gasthaus Hotel. Sehr klein und bescheiden. Es war nicht so richtig ein Hotel. An der Rezeption fragte ich die alte Dame. Ich war ja 7 Jahre alt. Und ich kannte dieses ja aus dem Fernseher, wenn Adelsmitglieder ins Hotel gingen. Ich fühlte mich wie ein kleiner Prinz und sagte zu der Dame:

"Haben sie einen Pagen, der mir aus dem Auto meinen Koffer holt".

Wohl bemerkt, war der Koffer mini klein. Es war ein Kinderkoffer.

Die alte Dame schaute mich mit großen Augen an. Und sagte zu meiner Mutter.

,,Mann, haben sie aber ein verzogenes eingebildetes Kind".

Nun, am nächsten Tag verstanden wir uns prima, es lag wohl daran, dass ich meine Begabung eingesetzt habe. Und habe sie einfach zugelabert. Der Chorleiter hieß Horst. Horst ist ein sehr lieber Mann und hat ein Herz aus Gold.

Im diesem Jahr fuhr ich allein auf diese Freizeit. Es waren (Günni) und Christa da. Es hat mir sehr gefallen. Die Freizeit dauerte drei Wochen vom 10.07.95 - 31.07.95
Nach den Sommerferien bin ich in die erste Klasse eingeschult worden, ich bin jetzt in der Schule. Ich musste immer um 6:30 Uhr aufstehen, und um 7:10 stand der Taxi Schulbus vor der Tür, dann bin ich zur Schule gefahren. Heute war mein erster Tag in der Schule. Ich stand dort mit einer Schultüte in der Hand. Und habe meine neue Klasse angeschaut. Die Schüler waren alle nett zu mir.

Die Lehrerin war auch sehr nett. Sie hieß Frau Blanke. Die Schule lag in Großburgwedel, liegt bei Hannover. Die Schule hieß "Pestalozzi" Das war eine Sonderschule. Es ist eine große Schule mit vielen Schülern. Von verhaltensauffällig bis zu geistig Behinderten. Zu der Schule gehörten auch Heime und Tagesgruppen. Nach der Schule hat Mama mich in der Tagesgruppe angemeldet. Für die Zeit nach der Schule bis abends. Die Tagesgruppe lag in Berenbostel es liegt in Garbsen. Die drei Pädagogen hießen: Herr Lange, Frau Wulf und die dritte Frau Scherer. Sie waren sehr nett zu mir. Heute bereue ich es, dass ich damals dort heraus geworfen wurde. Es war eigentlich schade, da sie sich so viel Mühe gegeben haben. Aber mein Verhalten war nicht angemessen, um in der

Tagesgruppe zu überstehen. Ich machte nur Unfug, und baute Müll.

So es war wieder so weit. Ich musste wieder zu der ollen Schnapsdrossel.

Michael holte mich ab. Meine richtige Mutter hat wieder ein Kind bekommen. Es ist ein Mädchen, sie heißt Morgana, Cox. Bis heute weiß ich nicht wie sie aussieht. Sie lebt heute in einer Pflegefamilie.

Ich machte bei meiner Mutter Urlaub.
Ha, ha, ha, das war ja ein Urlaub. Ich musste immer von Jessica und Kevin die Zimmer aufräumen. So nach dem Motto der große Bruder macht das schon. Es war sehr schrecklich für mich. Meine Mutter hat dann wieder wie eine Schnapsdrossel gesoffen. Sie meinte dann, dass Jessica und ich Sex miteinander gehabt hätten. Was aber nicht stimmte. Jessica war 6 Jahre alt und ich war 7 Jahre alt. Ihr wisst ja wenn man besoffen ist, dass man Sachen sagt die gar nicht stimmen. So kam dann Wolfgang. Jessica und ich sagten zu ihm:
"Das stimmt gar nicht. Wir wissen auch gar nicht was das bedeutet".

So nahm Wolfgang mich wieder mit nach Hause. Als Karin diese Sache hörte, rief sie bei Frau Köster an. Sie war vom Jugendamt. Und sorgte dafür das ich erst

mal nicht mehr zu meiner Mutter gehe, damit ich nicht noch mal ungerecht beschuldigt werde.
.
Kommen wir mal zu was Erfreulichem zurück. Vor den Sommerferien machten wir eine Klassenfahrt. Wir fuhren mit dem Fahrrad zu einem Campingplatz, um dort zu zelten so ungefähr 2 Tage. Klasse war das.

Es bricht das Jahr 1996 an.
Ich machte mal wieder so eine Freizeit mit. Es ging wieder nach Pleystein. Die Freizeit dauerte vom 3.7.1996-22.7.1996 es war die vorletzte Freizeit für mich. Dann wurde mein Verhalten immer schlechter.

Über diese Freizeit gibt es nicht so viel zu erzählen. Es war eben eine tolle Freizeit. Am Montag den 5.9.96 musste ich in die Psychiatrie. Man nannte es auch LKH.

Ich musste wegen meinen Tabletten hin welche ich nicht vertragen habe, hießen „Dipiperon", und die Nebenwirkung machte mich dick. Ich dachte nur ans Essen und hatte immer Hunger. Das war sehr schlimm. So packte Mama ein paar Sachen von mir ein. Wir hatten einen Termin dort. Wir wollen mal ehrlich sein. Es waren nicht nur die Tabletten, son- dern es war auch wegen meiner vielen Ausraster.
So fuhren wir nach Wunstorf ins LKH. Ich musste 2 Monate dort bleiben. Solange dauerte meine Be- handlung. In den zwei Monaten holte der Arzt mich und unterhielt sich mit mir.

Man nannte ihn auch den Stationspsychologen. Er hieß:
Diplom Psychologe. Dr. Herman Bach. Er ist ein netter Mann. Auf der Station gab es Pfleger. Es gab 6 Pflegerinnen und 6 Pfleger.
Sie waren nett, aber es war nicht so berauschend, weil ich von zu Hause weg war.

Nach den Sommerferien, kam ich in die 3. Klasse. Ich bin jetzt 8 Jahre alt. Die Klassenlehrerin heißt Frau Meyer mit Vornamen Sabine. Sie ist eine charmante kräftige Frau, sie hat eine liebevolle Art und ein Herz aus Gold. Am 17.10.96 musste ich zur Kur. Nach Maulbronn, wo vor 2 Jahren Martina gestorben ist. Maulbronn liegt im Schwarzwald; da waren auch Schwerstbehinderte.

Es gab dort Anwendungen und Schwimmtherapie und auf dem Gelände gab es auch ein Hotel für die Eltern. Da war Mama. Ich musste immer abends Apfelsaft trinken. Ich freute mich das Mama immer zu Besuch kam. Es war sehr schrecklich für mich. Ich musste manchmal weg von zuhause.

Und behandelt, wurde ich immer wie ein kleiner Behinderter. Und nur weil meine richtige Mutter in der Schwangerschaft gesoffen hat. Mein Stiefbruder hatte im diesem Jahr Konfirmation.

Es war ein Ereignis das super war. Es war genauso als ob ein Schauspieler zum aller ersten mal seinen Filmpreis abholte. Alles drehte sich um ihn. So ist das auch bei der Konfirmation. Man stand nur für diesen Tag im Mittelpunkt. Was nicht im Alltag passieren würde. Es kamen die höchsten Gäste der Familie Grübler Hinz. Da waren Sir Opa mit seiner Gattin Lady Oma vom Hause Grübler. Dann die Nichte Madam Monika mit ihrem Gatten Sir Axel und ihre Tochter Miss Beatrix und ihr Mann. Es kamen auch die drei Kinder mit. Sir Philipp, Sir Lukas, und die bezaubernde Madam Sonja, aus dem Hause Horbers. Dann kamen noch zwei elegante Männer, es waren Sir Joachim, und Sir Karlheinz, die Brüder von meiner Mama.

Aus dem Hause Grübler. Nicht zu vergessen die Gattin von Sir Karlheinz kam auch mit. Sie heißt Madam Karin. Meine Schwester und ich waren auch dabei. Miss Jenny und Sir Sascha. Es war sehr schön. Es gab Kaffee und Kuchen. Wir sind wieder ins Wendland gefahren. Es war super. Wir haben bei Horst geschlafen. Er hat vier Kinder und eine nette Frau.

Wolfgang und Karin haben sich getrennt. Alle vier wohnten noch im Haus. Auch Wolfgang, er hat oben sein Reich. So waren die beiden rein rechtlich getrennt. Aber alle wohnten noch unter einem Dach. Liebe Leser Mama hat viele Freunde und Freundinnen. Und auch Andreas. Andreas ist ein Mann mit einem guten Willen. Er hat ein Herz aus Gold. Wir fuhren oft mit ihm ins Wendland.

Zum Gospelworkshop. Am Montag den 7.11.96 fuhr ich mit ein paar Jugendlichen in den Harz. Die Hütte lag ganz oben auf dem Berg, jedenfalls kamen wir dort an. Wir packten die Koffer aus. Liebe Leser Ihr werded es mir nicht glauben, aber es lag dort oben sehr viel Schnee. So viel wie in Österreich wenn die Wintersaison los ging. Wir rodelten den Berg hinunter. Und machten eine Schneeballschlacht.

Wohl bemerkt die andern machten diese Sachen. Der einzige mit dem sie nicht spielten, war ich. Sie lehnten mich ab. Weil ich zum ersten ein kleiner Moppel war. Und zweitens weil ich der einzige Behinderte war. Die andern waren ja normal entwickelt. Da merkte ich schon, dass ich nie irgendwo dazu gehören werde. Weil ich für die Normalentwickelten einfach nur ein Trottel war.

Ich war froh, als ich wieder zuhause war. Sie mögen ja schlauer sein, was nicht bewiesen ist. Dafür habe ich in sozialen Dingen mehr drauf als sie. Und insgeheim weiß ich auch, dass ich sehr viel auf dem Kasten habe.

1996 bin ich mit der Tagesgruppe an die Ostsee gefahren. Es war super - Party – Spiele- und allerlei Sachen haben wir gemacht. Andreas besuchte uns öfter und war wie Roswitha, mein bester Freund.

Marc war 21 Jahre alt. Und ist jetzt auf sich selbst gestellt. Er ist mein großer Bruder und ein Vorbild für mich.

Nach Weihnachten, sind Roswitha, Richard, Mama und ich zum Steinhuder Meer gefahren, zum Schlittschuhlaufen. Mama lachte sich kaputt, weil ich wie ein Verrückter fuhr.

Im diesem Jahr merkte ich schon, dass mein toller Bruder Jan Philipp anfing sich abzuwenden. Auch wurden 96 meine Wutausbrüche immer schlimmer. Sie müssen es so sehen liebe Leser. Jan Philipp war ja das richtige Kind von Karin und Wolfgang. Und wenn Jan Philipp was auf dem Herzen hatte, lief ich gegen den Schrank oder versuchte mich in den Mittelpunkt zu drängeln.

So hatte Jan Philipp nie die Chance seine Bedürfnisse loszuwerden.

Was mir jetzt im Nachhinein sehr leid tut. Opa und Oma wussten, dass ich dieses Jahr sehr unartig war. Deswegen bekam ich nur eine Kleinigkeit zu Weihnachten.

Es brach das Jahr 1997 an. In diesem Jahr wurde ich 9 Jahre alt und im April fuhr ich mit dem Fahrrad zum Spielplatz.

Da war auch ein Rodelberg. Ich nahm mein Fahrrad und fuhr den Berg hinauf. Und setzte mich drauf und fuhr den Berg hinunter. Na, liebe Leser was passierte dann? Ihr könnt euch ja denken was passiert.

Ich fahre also den Berg hinunter und plötzlich machte ich einen Salto, knallte mit dem Kopf auf einen Gully deckel. Blöderweise lag auf dem Gully eine Glasscherbe, die sehr spitz und scharf war. Ich riss meine Stirn auf und hatte ein Loch im Kopf. Ich lag dort und es blutete wie verrückt. Ich war ohnmächtig.
Es war keiner auf dem Spielplatz. Ich hatte Glück, dass zufällig Jenny und ihre beste Freundin vorbei kamen. Die Freundin nahm mich auf ihrem Rücken. Und die beiden liefen vom Spielplatz bis zu unserer Haustür.

Wolfgang schaltete sofort und Mama legte ins Auto Handtücher hinein. Und dann fuhren sie schnell mit mir ins Krankenhaus. Aus der Wunde musste die Glasscherben heraus geholt werden, und das Ganze wurde mit 12 Stichen genäht. Als der Arzt zu mir sagte das ich eine Nacht hier bleiben musste. Ich musste ja noch nie im Krankenhaus übernachten. Schrie ich los was das Zeug hielt und weinte. Und sagte zum Arzt „du Arschloch und, du blöde Sau. Fick deine Mutter und so weiter". Der Arzt schaute mich mit großen Augen an und war schockiert. So blieb ich eine Nacht. Am nächsten Morgen holte meine Mama mich wieder ab.

Die Mutter von meinem Zimmernachbar sagte zu meiner Mutter "Wenn dieser Rotzlöffel mein Sohn wäre, würde er schon längst einmal kräftig den Arsch voll von mir bekommen, damit er mal Benehmen lernt. So fuhren wir wieder nach Hause.

Wir machten mit der Klasse eine Klassenfahrt an die Ostsee. Sie ging vom 8.5.97- 14.5.97. Es war sehr schön.

Wir machten noch mal eine Freizeit. Vom 12.7.97 zum 23.7.97. Wir haben Spiele, Grillparty und andre schöne Sachen gemacht. Ich musste zum zweiten Mal in die Psychiatrie nach Wunstorf.
Ha , ha, die gleiche Geschichte. Es dauerte nur zwei Monate. Mit den Tabletten wurde es immer weniger.

Wir luden die Klasse ein. Es war sehr toll. Das blödeste fand ich an dieser Schule, dass, wenn die Abschlussschüler schlechte Laune hatten, musste ich es immer ausbaden. Im Klartext ich bekam öfters eine aufs Maul.

Im Oktober waren Mama, Oma, Opa und ich beim Schwimmen. Natürlich mit dem Wohnmobil. War ja klar? Oma machte für uns Bratkartoffel. Mmmmmh, das schmeckt ja gut, erwiderte ich.

1997 hatte auch Jenny einen Höhepunkt in ihrem Leben. Es waren wieder die höchsten Gäste da. Und diesmal kamen auch die Kinder von Sir Karlheinz und

Madam Karin mit. Lady Roswitha kam auch. Wolfgang feierte auch mit. Es gibt seltene getrennte Paare die sich so gut wie Wolfgang und Karin verstehen. Wir sind eben eine starke Familie.

Die andern waren in der Kirche. Ich musste zu Hause bleiben. Weil ich Blödsinn gebaut habe. In der Stube war alles aufgebaut. der Braten und das Büffet. Ich war so dumm und habe den Hund in die Stube gelassen. Ich wollte den großen Hund eigentlich hinaus lassen. Dieser dumme Hund fraß den Braten. Ich dachte Scheiße, und sagte zum Hund. ,,Hey, du Scheißköter, spuck sofort den Braten aus. Sonst kriege ich noch Ärger". In dem Augenblick kamen schon die Gäste. Mama war sehr sauer auf mich, und bei den Gästen war ich auch nicht so beliebt.
So ging der Tag für Jenny schnell vorbei.

Am 17.10.97 fuhren wir mit Andreas: Nach Kalifornien. Nein liebe Leser nicht in den USA.

Der Ort heißt so. Es ist ein Ort an der Ostsee. Da hatte Andreas ein Wochenendhaus. Es war das Wochenendhaus von seinen Eltern. Andreas hieß mit Nachnamen Feher Mama packte noch was zu essen und zu trinken ein. Und dann um 17:OO Uhr ging die Fahrt endlich los.

Wir fuhren etwa drei Stunden bis nach Kiel, als wir an kamen, war es 20:OO Uhr. Wir aßen einen Döner beim Türken. Und dann brauchten wir noch 2 Stunden bis an die Ostsee, in den Ort Kalifornien. In der ganzen Zeit habe ich nur geschlafen. Dann waren wir endlich in diesem Wochenendhaus. Wir verbrachten ein paar schöne Tage. Wir machten Radtouren, Grillpartys, und andere tolle Sachen. Ich brachte Jenny auch ein Geschenk mit.

Da hat sie sich sehr darüber gefreut. Das war das Wochenende in Kalifornien, mit Andreas.

Mama nahm mich mit auf Ihr Seminar nach Loccum. Es war Wochenende. Und alleine konnte sie mich ja nicht zuhause lassen. Wir wohnten in diesem Hotel. Es waren viele Lehrkräfte dort. Bei jedem war ich beliebt. Mama musste sich Vorlesungen anhören. Und ich schaute Fernsehen. Wir schauten uns auch das Kloster an.

Es war sehr spannend. Im diesem Jahr ist die Mutter von Monika Horbert gestorben. Sie hieß Hilde. Es war die Schwester von Oma Grübler. Jammerschade sie war so eine nette und gutherzige Frau. Gott sei ihr gnädig.

Ich bekam auch eine Zahnklammer. Die war sehr blöd und es dauerte nur zwei Tage bis ich sie in der Nacht im Schlaf kaputt gemacht habe. So hatte sich das Thema erledigt.

Nach den Sommerferien machten wir eine Klassenfahrt nach Uelzen, das ist in der Nähe von Glücksburg. Die Fahrt dauerte nur 5 Stunden.
Wir wohnten auf einem Bauernhof. Es war mit Frau Meyer und den Hilfslehrern. Melanie war auch dabei.

Also gut, wir kamen dort an. Wir alberten herum natürlich, der olle Bönisch. Wir packten die Koffer aus, und gingen zum Essen. Es gab irische Bauernsuppe, sehr lecker.
Wir kamen am Montag an, und am Dienstag machten wir einen Museumsbesuch.
Es war spannend, es ging ums Schmecken, Fühlen und Hören. Da konnte man viele Dinge ausprobieren. Danach gingen wir am Strand schwimmen. Am Mittwoch machten wir eine Besichtigung. Wo ich das hörte als Adel Fan, war ich sehr aufgeregt. Wir schauten uns das Schloss von Glücksburg an.

Es war ein traumschönes Schloss. Ich weinte danach sehr doll.
Frau Meyer fragte mich, was denn los sei sagte ich zu ihr ,,das Leben ist ungerecht".
Ich mochte auch einen Vater haben der ein König ist.
Ich möchte so gerne in so einen Schloss wohnen.
Da sagte Frau Meyer zu mir:

,,Wenn du weiter keine Sorgen hast" ☺

„ Sascha merke dir eins wenn du solchen Leute hinterher weinst, dann wirst du nie mit deinem Leben
zufrieden sein!".

Da hatte sie recht.

Sie hatten Glück und sind in so einer Familie hinein
geboren. Sie sagen auch manchmal, dass sie keine
Lust auf die Pflichten und den ganzen Trubel den es
um sie gibt, haben. Sie würden auch manchmal alles
drum geben, um so zu leben wie du. - ohne Pflichten
und den Reichtum".

Da sagte ich spontan zu meiner Lehrerin.

„Dann können die ja mit mir tauschen. Sie leben
dann das öde normale Leben, und ich lebe so wie
die, mit Pflichten, und nach dem Hofprotokoll. Und
werde mit Disziplin und einer gewissen Haltung die
Monarchie präsentieren, das wollte ich schon immer
einmal machen."

Frau Meyer erwiderte, „das ist ja süß gesagt"
und lachte ganz herzlich. ☺

Das war meine Art zu denken, so dachte ich als 9
Jähriger.

Es fing das Jahr 1998 an.

Sylvester war vorbei. Ich bin im diesem Jahr 10 Jahre alt geworden. Ich musste mal wieder zur Kur. Nach Maulbronn. Es war wie immer liebe Leser ihr wisst es ja schon.

Vier Monate später sagte Mama zu uns

"Meine lieben Kinder ich habe eine Überraschung für euch. Wir fliegen nach Berlin"

Das war mein erstes Mal, dass ich fliegen durfte. Ihr könnt euch ja vorstellen wie ich am rumwirbeln war. Es war für die andern sehr anstrengend und nervig. Weil das Fliegen ist ja was Besonderes. Liebe Leser das ist ja nichts Alltägliches.

Also Gut. Unsere Maschine flog um 4:00 Uhr nachts. Es war der 10.4.98 Das Fliegen dauerte nur eine Stunde. Dann waren wir in Berlin.

Wir liefen durch Berlin, und suchten unsere Jugendherberge.
Wir sind durch ganz Berlin gelaufen. Und alle Leute die vorbei gingen, schauten uns befremdet an. Wir gingen dann über eine Brücke. Und beim herüber gehen sagte Mama zu mir.

"Weiß du, dass wir gerade über eine Lügenbrücke gehen. Da ist ein Mädchen mal ertrunken weil die

Lügenbrücke alle ins Wasser zieht, die immerzu Lügen".

Da guckte ich sie entsetzt an, weil ich in der letzten Zeit so viel gelogen habe. Ich war froh als wir die Brücke hinter uns gelassen haben. Diese Geschichte war erfunden, doch ich glaubte sie. Heute weiß ich, dass es gelogen war. Etwas weiter stand die Berliner Polizei, Freund und Helfer. Mama fragte die Beamten

"Wo die Jugendherberge ist".
Und die Polizei brachte uns dort hin.
So fuhr der kleine Sabellbö mit seinen Geschwistern und mit Mama in einem echten Polizeiauto mit.

Der Beamte kam nicht ungeschoren davon. So wie ich nun mal bin, quasselte ich ihn voll. Mit all den Geschichten die ich wusste. Mama verdrehte die Augen. Der Beamte sagte zu meiner Mutter:

".Junge Lady sie haben ja einen lebhaften Sohn, alle Achtung".

Wir schauten uns Berlin an. Am dritten Tag flogen wir wieder nach Hause. In den freien Tagen, sprich in den Weihnachtstagen, kam aus England ein Bekannter.

Ich fragte ihn alles, über das Königshaus aus. Es es war sehr interessant. Er schenkte mir ein Spielzeug Model Auto zum Abschied.

70

Es war ein reizvolles Jahr 1998. Mama gab sich im diesem Jahr viel Mühe mit mir.

DAS GROßE KLAUEN IST DAS SCHLAGWORT FÜR DIESES JAHR

So liebe Leser.

Ich „entführe" Euch in die nächsten Jahre.

In eine Zeit wo ihr meine dunkelste Seite kennen lernt.

Es ist mir ein bisschen unangenehm euch von diesen Ereignissen zu erzählen.

Aber es ist ja eine Biographie. Und ich stehe ja zu meinen Fehlern.

Ich denke, dass man nur aus Fehlern lernt. Und ich hoffe, dass Ihr nichts Schlechtes über mich denkt. Ich denke, dass jeder von Euch mal was Dummes oder Fehler in seinem Leben gemacht hat. Deswegen ist es mir eine große Ehre Euch diese Sachen zu erzählen.

Deswegen ist es mir nicht so peinlich. Ich weiß, dass jeder Mensch Fehler macht." Jeder Mensch ist einzigartig ". Da sollte ich drauf stolz sein.

Ihr liebe Leser auch. Später setze ich mich für Arme Kranke, Alten und behinderte Menschen ein. Ich mach diese Dinge nicht um dadurch berühmt zu werden oder mir einen Promibonus zu erhaschen. Nein, ich möchte es machen. Weil ich ein Herz für Andere habe. Die für den Großteil der Welt uninteressant sind. Klar kümmern sich ein paar Leute um sie; das will ich ja nicht bestreiten. Und es gibt dann noch viele auf dieser Welt - die das Ego ganz groß schreiben. Weil sie mit ihrem Leben voll beschäftigt sind. Nach dem Motto -
es ist nur interessant, dass ich mein Leben ohne Sorgen und Stress sichern kann. Wie es den andern geht das ist mir ja gleichgültig.

Wenn ich manchmal darüber nachdenke, tut es mir in der Seele weh. Heute ist das leider Gottes so. Das Raffgier und Macht sehr groß geschrieben werden. Es wird heute nur noch geguckt wo man was Erhaschen kann. Sei es Öl, Geld, oder andere tolle Sachen. So sieht es leider heutzutage aus.

Ego wird großgeschrieben. Aber das Wichtigste vergessen wir:

Das was wir am meisten brauchen, kann man nicht mit Gegenständen eintauschen. Es ist Liebe, Freundschaft, und die Nächstenliebe. Jeder auf dieser Welt hat ein Herz aus Gold.

Und darauf seid stolz. Und deswegen will ich mich für die Menschen einsetzen. Damit sie ihren Stolz und die Freude, Mut und ihre Einzigartigkeit nicht verlieren, sondern bewahren.

Ich verstehe die Menschen, denn ich musste am eigenen Leib erfahren, dass ich nicht so angenommen werde, weil ich anders als die war. Deswegen wurde ich immer weggestoßen oder benachteiligt. Ja so sieht das Leben aus - hart und ungerecht.

April 1999.

Andreas' bester Freund hat in Frankreich seine große Liebe gefunden. Sie wollten in Frankreich heiraten. Andreas, Mama, und ich waren in Frankreich zur Hochzeit eingeladen. Natürlich nahmen wir die Einladung an. Wir fuhren 1 Woche hin.
1 Woche blieben wir dort. Und eine Woche brauchten wir wieder zurück.

Diese Geschichte erzähle ich euch ausführlicher.

Also gut.

Am 10.04.99. fuhren wir mit vollem Auto los. Es war 12:00Uhr. Wir fuhren 6 Stunden bis zu unserem Hotel, wo wir die Nacht verbringen wollten. Es war ein 5 Sterne Hotel. Ich fühlte mich wie ein echter Prinz.

Ich kannte es immer nur aus dem Fernseher, wenn die Adelsfamilien Urlaub in so einem Luxushotel machen. Mama sagte zu mir:

,,So, mein liebes Kind heut' bist du mal ein Kronprinz und darfst es genießen in so einem Luxushotel zu schlafen".

Um 18:00 Uhr aßen wir in einem Restaurant zu Abend. Am nächsten Tag der 11.04. 99, packten wir die Koffer ins Auto. Und Andreas bezahlte noch, und dann ging unsere Fahrt weiter. Sie haben extra für mich so ein Hotel ausgesucht. Es war einzigartig. Wir fuhren den ganzen Tag und abends übernachteten wir bei Monikas Tochter Beatrix.

Ich spielte mit meinem Cousin Lukas. Meine Cousine war auch da. Sie war liebte den Film 101 Dalmatiner. Sonja war sehr nett zu mir.

Ich durfte in ihrem Bett schlafen. Sie hat extra wo anders geschlafen, damit ich ein Bett hatte. Das fand ich sehr lieb von ihr. Beatrix und ihr Mann haben zusammen ein wunderschönes und großes Haus.

Am nächsten Tag fuhren wir ganz früh wieder los. Es war der 12.04.99 und nachmittags fuhren wir über die französische Grenze.

Wir fuhren an Olivenbäumen vorbei. Und hielten auch mal an. Abends suchten wir bei der Weiter fahrt, ein Hotel, das günstiger war. Wir konnten ja nicht immer in so einem Nobelhotel schlafen. Und wir als Ottonormalverbraucher können uns nicht immer so einen Luxus leisten. Im Hotel durfte ich Fernsehnschauen. Ich sagte nur

"Oh männo, was ist das denn, es ist ja alles auf Französisch".

Mama lachte und sagte zu mir "Klar, Sascha wir sind ja auch in Frankreich. Das Land der Ewigen Liebe. Romantik wird hier großgeschrieben. Es ist der 13.04.99. Andreas bezahlte und dann fuhren wir los. Ich habe von Andreas und Mama 700 Franc.

War in DM 100 DM. Und heute sind ja 100 DM, 50 EURO. Ja, ja das war für einen Rabauken wie ich es war, damals eine Menge Knete. Oder Liebe Leser? Ihr seid bestimmt meiner Meinung.

Ich fand das einfach Cool.

Das Hotel hieß „Du Centre".

Wir kamen schon dem Ziel näher. Wir fuhren den ganzen Tag durch Frankreich. Abends schliefen wir im Hotel. Am 14.04.99 waren wir nach einer Woche Autofahrt bei dem Hochzeitspaar. Sie hatten eine schöne Wohnung.

In dieser Wärme hielten wir bei jeder Raststätte an. Weil Andreas aufs Klo musste. Er hatte eine schwache Blase. Ist eben mal so.

Wir machten auch Spaß mit einander. Wir machten etwas, was nicht jeder machen würde. Andreas und ich machten Weitpissen.

Ich war immer der Sieger. Weil mein Strahl immer weiter als der von Andreas ging. Für viele wäre das wohl unanständig, aber das war ein kleiner Scherz unter Männern.
Ihr müsst es für euch entscheiden, ob das für euch so ist oder nicht. Jeder hat eine andere Meinung dazu. Das ist ganz normal.

Wir fuhren zu unserm Hotel wo wir eine Woche schlafen werden. Da schliefen die Hochzeitsgäste.

Abends waren wir mit dem Hochzeitspaar zum Essen verabredet. Es war schön. Und das Beste an diesem Abend fand ich die Lichter auf den Straßen. Es war atemberaubend abends zurück zugehen. Die Stadt die so schön abends leuchtet heißt Metz. Das Restaurant wo wir speisten war ein mexikanisches Restaurant. Es war sehr lecker und natürlich scharf. Am 15.04.99 haben wir uns die Stadt angeschaut,
und am 18.04.99 machten wir das gleiche - ich sah

da sehr dick aus.

Ich war der kleine Moppel - dieses Jahr 11 Jahre alt, im meinem Kopf ging es immer nur - wann gibt es was zu Essen. Es war schon schlimm für mich, dass ich immer Hunger hatte. Ich verrate euch mal ein Geheimnis, liebe Leser.
Als wir uns die Stadt angesehen haben, dachte ich wo ich die Franzosen vorbeigehen sah:

"Könnten die mich verstehen, wenn ich einen Spruch zu denen sagen würde"?

Das hat mich interessiert. Ich hätte nie einen Spruch zu denen gesagt, weil sich das nicht gehörte. Aber es hat mich innerlich interessiert. Und dann dachte ich noch wo ich die hübschen Frauen an mir vorbei gehen sah:

,,Donnerwetter", ich habe noch nie so hübsche Frauen gesehen. So tolle Frauen gab es. Kein Wunder, dass Liebe und Romantik hier großgeschrieben wird".

Das dachte ich.

DIE SCHÖNSTEN MOMENTE
IN FRANKREICH DIE ICH NIE VERGESSEN WERDE

Es war der der große Tag für das Liebespaar. Es war der 17.04.99. Die Hochzeit war wie ein Märchen. Mit Kutsche und allem drum herum.

Es war mal schön anzusehen, wie in Frankreich geheiratet wird, und abends war dann die große Feier. Ich lernte auch eine Tanzpartnerin kennen. Wir feierten zum Morgengrauen.

Am 18.04 und den 19.04.99 machten wir uns langsam auf den Weg.

Vom 21.04.99-zum 26.04.99 fuhren wir nach Hause.

Jeden Abend hielten wir bei einem Hotel an um zu übernachten. Am 27.04.99 fuhren wir auf einen Bauernhof, der schon in Deutschland war.

Wir machten dort vom 27.04.99-29.04.99 Urlaub. Es war sehr schön. Am 30.04.99 unternahmen wir die letzten Schritte nach Hannover. Die Frankreichtour war echt cool.
Nach so einem schönen Urlaub habe ich jetzt was Schlimmes zu erzählen. Im März ritt mich mal wieder den Teufel. Ich ging an Mamas Auto um die Flaschen weg zu bringen. Und da sprang mir Mamas Portemonnaie in die Augen.

Ich nahm mir ohne darüber nachzudenken was ich da mit Mama an tat zwei 50 DM und ging damit einkaufen. Ich kaufte mir beim Kiosk was zu essen. Mal für

0.50 Pfennig, oder was für 1.00 DM. und wunderte mich warum das Geld nicht alle wurde. Ich gab meinem Spielfreund was aus.

Und seine Mutter wunderte sich warum ich so viel Geld bei mir trug. Die Mutter kante Roswitha ganz gut. Sie hörte von ihr das und ich sollte dann zu ihr kommen.

Ich ging ahnungslos wie ein kleiner Muck zu ihr und sie schaute mich nur an. Und sagte zu mir „Na Sascha wie geht es dir. Hast du mal ein paar Mark für mich ich habe grade nichts dabei."

Da fing das Herz an zu beben,
und das schlechte Gewissen fraß sich in meinem Körper hinein.

Ich erzählte ihr alles und sie rief Mama an. Und da kam ein Auto an. Sie stieg aus dem Auto und war sehr sauer. Sie sagte zu mir:" Mein lieber Freund ich bin sehr sauer aber frag nicht wie. Du hast 2 Wochen Fernsehverbot. Auf der ganzen Auto fahrt sagte sie kein Wort zu mir.

Zuhause. Ich saß auf meinem Bett. Nach 2 Minuten kam Wolfgang und sagte zu mir

„Sascha ich bin sehr enttäuscht von dir"

Das war mein erster Blödsinn, den ich verbockt habe.

Wir fuhren dieses Jahr mal wieder auf Freizeit. Es war meine Letzte, und hatte das Motto: Mittelalter.

Freitag 23.7.99. - Die Anreise.

Hurra es geht los. So war die Stimmung von Allen, als wir uns am ZOB in Hannover getroffen haben. Jeder war gespannt was jetzt passiert. Die Umschläge wurden eingesammelt.

Hier und da fiel schon eine Träne. Als dann endlich alle Teilnehmer und Betreuer im Bus waren verabschiedeten wir uns mit unserem Schlachtruf. Kaum war der Bus in Richtung Autobahn unterwegs, wurden erste neue (alte) Beziehungen aufgefrischt.
Die Brote rausgeholt und bei guter Stimmung und Laune ging es zuerst zügig voran bis ein Stau auf der Autobahn uns dann auf hielt. Auch das kommt vor. Als wir gegen 16.00Uhr in Bad Münstereifel ankamen, wurden wir von Günni und Harry erwartet. Jetzt konnten die Ferien losgehen.
Samstag 24.7.1999.

Um 7:30 Uhr in der Burg des Jugendrotkreuzes. Die Trompeten ertönten nachdem die Ritter und Burgfräulein gefrühstückt hatten, marschierten sie frohen Mutes und mit festen Schritten in die Dorfschaft hinein, die sich Bad Münstereifel nannte.

Mit modernen Droschken ging es zum Mittagessen zur Festung zurück. Um sich am reichlichen Mahl zu stärken. Die Herrschaften gaben sich in ihre Gemächer zurück. Um ihren Schönheitsschlaf zuhalten. Da am Nachmittag die "Halle der Spiele" geschmückt werden sollte. Die Aufgabe erfüllt. Das achso wohlverdiente Abendmahl genossen alle.
Danach stürzte man sich in die Fluten der häuslichen Gewässer.

Später sah man die Ritter und Burgfräulein zu ihren Gemächern gehen. Um Kräfte für den nächsten aufregenden Tag zu sammeln. Am nächsten Morgen, es war der 25.Julie des Jahres 1999. erwachten wir alle ausgeruht im hellsten Sonnenschein. Nach einem opulenten Morgenmahl, zerstreuten wir uns in verschiedene Richtungen. Einige Ritter und Burgfräulein fuhren zum heiligen Kirchgang.

Andere wiederum pirschten durch die Wälder und Täler. Zum Mittagsschmaus trafen wir uns alle wieder im Speisesaal. Es gab Stäbchen von der Kartoffel, dazu wurde Schinken vom Schwein serviert. Zum Nachtisch gab es Gefrorenes aus Erdbeeren, Vanille und Schokolade. Nun begaben wir uns zum wohlverdienten Verdauungsschlaf. Um für den Nachmittag gerüstet zu sein. Nach dem Kaffee, verteilen sich die Gruppen wo sie was unternahmen. Und am Abend gingen alle zum Abendmahl. Es gab zahlreichliche Nudelspezialitäten. Der Hofzauberer war dann auch noch da. Und vergnügte den Hofstaat mit einigen seiner Künsten.

Es gab viel zu Lachen. Danach haben wir uns alle in unsere Gemächer zurückgezogen
um uns für den nächsten Tag zu erholen. Es fängt der Tag an. Es ist der 28.07.
Liebe Leser und abends mit Beleuchtung. Ha, ha, ha.
Am vierten Tag unseres Burggelages im Reich des Königs von Münstereifel. Entdeckten wir auch die letzten Winkel unserer Herberge. Am Nachmittag verirrten sich dann zwei Fremde auf unsere Burg. Unseren Burgherren wurden sie uns als Arzt und Helferin vorgestellt.

Sie baten darum, unsere Herzschläge zählen und zu Papier bringen zu dürfen. Wir ließen dieses zu. Und dann begaben sich die Herrschaften zum Abendmahl.

Dann ging jeder in sein Gemach hinein. Und dann brach die Nachtruhe ein.
Dienstag der 27.7.99
Heute war der Tag so erdrückend, dass die Ritter und Burgfräulein sich den ganzen Tag am Artursee beglückten. Es war ein schöner Tag. Und abends nach dem Mahl gingen alle in ihre Gemächer, und schliefen dann ganz friedlich.

Es war der 28.07.99 am diesem Tag war nicht sehr viel los.

Es war Donnerstag, 29.7.1999. Heute Fuhren die Herrschaften in die Wildgehege. Das Geheimnis war, was wir den ganzen Tag überall entdecken konnten. Wenn man die Augen offen hat.

Das tollste war, dass wir den König der Lüfte gesehen haben "Den Adler", ich wollte ein Autogramm von ihm holt, und als ich das sagte - lachten alle.

Der Bodyguard sagte zu mir, dass er keine Zeit hätte er musste auch schmunzeln, als er das hörte. Da sagte ich ganz laut und sauer

, Da ist mal ein König, und der Olle Bodyguard gibt mir kein Autogramm".

Alle, die vor diesem Gehege standen lachten sich kaputt.

Ich war die Lachnummer an diesem Tage. Das war ein Witz vom ollen Bönisch. Ha, ha, ha. So war ich wie ich leibte und lebte.

Auch dieser Tag ging zu Ende; es war Freitag der 13. quatsch liebe Leser es natürlich der 30.7.99.
Der Morgen begann wie immer mit einem reichhaltigen Frühstück.

Und danach begab sich die Burggesellschaft zum Artussee und vergnügte sich. Vom 31.7.-12.8.99 machten wir außerdem einmal einen Besuch im Freizeitpark und Ausflüge in die Stadt - nichts berauschendes. Den Herrschaften war das Wetter einfach zu warm. Es war ja immer 28°. Da war schwimmen die beste Medizin dafür. Am 12.08.99 feierten wir unser Abschiedsfest. Eine große Grillparty. Der Hofkomiker kam auch. Der ganze Hofstaat war fröhlich und es wurde von Herzen gelacht, als ob alle den Abschied für einen Moment zu vergessen suchten.

Die Rückreise war am Freitag, den 13.8.99. Liebe Leser jetzt ist es Freitag der 13. aber keine Angst es passierte kein Unglück. Es waren alle schon früh auf den Beinen. Es ging nach Hause. Der Bus war schon am Vorabend da. und es wurden schon die Koffer ein geladen. Nach dem Frühstück, ging es los.

Es flossen Abschiedstränen bei Kindern und Betreuern als der Bus dann losfuhr. War eine tolle Stimmung an "Bord ". Mit zwei Pausen waren wir um 14:00 Uhr in Hannover. Wo schon die Eltern aufgeregt auf Ihre Schützlinge warteten. Es gab wieder Abschiedstränen, und nach dem Motto "Auf Wiedersehen bis in 2 Jahren". So ging meine letzte Freizeit zu ende. Das war die Freizeit in Bad Münstereifel. Mama fuhr mit mir nach Loccum. Sie musste dort zum Seminar. Es war ja Weihnachten und wie immer wunderschön, und der Silvesterabend war beeindruckend

DAS JAHR - DAS UNMÖGLICH IST?.

Ganz kalt und scheu, schlich sich, das Jahr 2000 ein.
Ohne Fleiß mit einem Preis, bezahlte ich mit der Selbständigkeit. War naiv und doch sehr dumm, machte
Dinge, ich weiß nicht warum?
prägen mich, doch dieses Schicksal, machte mich das
Jahr 2000, zum Gespött der Welt, der Fehler. Doch
möchte ich euch sagen, dass es mich heut noch ver-
folgt, bin froh es Euch zu erzählen. Ihr liebliches Volk.

Nun ja, in diesem Jahr hatte Marc seine charmante
Frau fürs Leben gefunden. Sie heiraten erst Standes-
amtlich. Und im Frühjahr es war 4 Monate später, in
der Kirche.
Die ganze Familie saß beim Standesamt, und auch bei
der kirchlichen Trauung - doch ich fehlte mal wieder
- im Hochzeitsgewusel.

Ich saß unten in meinem Zimmer und war sehr bo-
ckig, weil ich nicht zu der Hochzeit wollte, und weil
ich mal wieder Blödsinn gebaut habe ...Was?, verrate
ich lieber nicht, oder .....? Nö!

Ich war aber abends beim Essen dabei. Marc war
nicht gerade begeistert, und er schaute ein bisschen
traurig zu mir hinüber. Es hat ihn wohl sehr wehgetan, dass ich seine Hochzeit verweigert habe. Man
heiratet ja nur einmal im Leben, und da möchte man
schon alle die man liebt und lieb gewonnen hat, dabei haben. Und ich versaue ihm sein schönsten Tag

85

im Leben. Tja so was Dämliches kann nur dem ollen Bönisch passieren. Und wenn ich heute darüber nachdenke, tut es mir in der Seele weh. Im Sommer, hat Wolfgang eine Wohnung in Bernbostel gefunden.

Jan Philipp ging mit Wolfgang mit, er hatte die Schnauze voll.
In den letzten Jahren versuchte ich mich immer in den Mittelpunkt zu setzen.

Immer wenn Jan Philipp und Jenny was von Mama und Wolfgang wollten, drängelte ich mich mit verschiedenen Sachen in den Mittelpunkt. So kamen Jan Philipp und Jenny zu kurz. Es war ja keine Absicht, und es kam nur deshalb so, weil ich diese Behinderung hatte. Und deshalb ging auch Jan Philipp mit Wolfgang mit. Das Verhältnis zwischen ihm und mir litt sehr darunter, es hat ihm sehr wehgetan, dass ich so unberechenbar war. Das hat er bis heut nicht vergessen.

Ja es war ein sonniger Morgen in Horst, um 7:15 Uhr holte mich auch schon der Bus ab.
Um 7:45 Uhr waren wir in Großburgwedel in der Sonderschule eingetroffen. Da keine Aufsicht am Tor war, und es dauerte ja 15 Minuten bis wir uns aufstellten, und die Lehrerschaft uns in ihrem Reich hinein bitten.
In der Zeit wurden wir oder ich am Tor, von den Grossen Jugendlichen, verprügelt oder beklaut. Denen war es am frühen Morgen einfach zu langweilig,

und da nutzten sie die Zeit, um unschuldige Schüler oder die so genannte Kleinen zu ärgern.

Auf dem Schulhof traf ich eine Mutter von einem Schüler, da wo ich schon öfters mal nachmittags zu Besuch war, und mit dem Schüler gespielt habe.
Sie sagte zu mir „Sascha, da mein Sohn ja Geburtstag hatte, und du nicht dabei warst, gehen
wir nächste Woche nach der Schule zu Mc Donalds „ Ich setzte ein leichtes Grinsen auf und freute mich über diese Einladung. Wissen Sie auch warum, ich mich so freute, da ich ja Dipiperon nahm, das gegen Nervosität war, machten die Nebenwirkungen mich dick. Ich aß auf einmal sehr gerne, und dachte nur ans Essen. Ich ging auch nachts an den Kühlschrank und futterte alles was mir schmeckte auf.

Mama Karin war immer ein bisschen sauer, weil sie immer einkaufen musste. Bei mir trat eine sogenannte Zwangsfresssucht auf. Was meine Mitmenschen um mich herum tierisch nervte. Ich aß nicht mit Genuss und mit Ruhe, sondern ich aß aus Gier.

Genießen war damals ein Fremdwort für mich, und deshalb war meine Freude auch so groß. In dieser Zeit tat ich für Essen alles. Da konnte mich ein Mann der auf Kinder steht ansprechen, und mich mit Essen zu sich nach Hause locken, ich wäre mitgegangen. Klar, wusste ich nicht die Gefahr die dahinter steckt,

aber damals konnte ich so eine Gefahr nicht ein-
schätzen.
Hört sich ein bisschen blöd an, aber da sehen Sie, was
solche Nebenwirkung auslösen könnte.

Aber Gott sei Dank sprach mich auch nicht so einer
an.

So verging die Woche sehr langsam, im Bus ärgerte
ich die anderen, und war immer sehr laut und frech
zu dem Busfahrer, so dass der Herr sich nicht auf dem
Straßenverkehr konzentrieren konnte. Der Busfahrer
hatte die Nase voll, und meldete das Verhalten von
mir dem Chef, des Busunternehmens. Es war so ein
Unternehmen wie Taxi, nicht Reisebusse. Dann kam
auch noch dazu, dass ich mich in der Schule nicht
benommen habe, sodass meine Lehrerin sagte, dass
ich am nachmittags nachsitzen musste.

Und gerade an diesem Tag, Wo ich zu MC DONALDS
eingeladen wurde. Und schwupp passierte es, ich
griff meine Lehrerin an, und biss ihr in dem Busen,
und scheuerte ich ihr eine. Das müssen Sie sich mal
vorstellen, so ein kleiner Lausbub sprang seine Lehrerin wie ein durchgeknallter Affe seine Lehrerin an.
Heute kann ich nur mit dem Kopf schütteln, mir immer wieder vorwerfen, weshalb ich so gehandelt
habe, und wieso ich so einer liebevollen Frau weh tun
konnte. Naiv trifft nicht ganz zu, unüberlegt und bar-
barisch trifft schon eher zu.

Also, „durfte" ich länger bleiben, und es war Donnerstag. Ich fuhr dann mit dem Bus nachhause, und war bis Montag erst mal von der Schule suspendiert. Ich kam traurig und erschrocken nach Hause, und ahnte nicht was das für Konsequenzen haben würde.

Mama bekam von der Schule einen Anruf, mit der Bitte um ein Gespräch am Montag. Und danach kam auch noch ein Anruf von dem Busunternehmen, die sagten, dass sie nicht mehr bereit sind, mich weiterhin zur Schule zufahren.
So blieb ich bis Montag zuhause, Mama überlegte wie sie das mit der Schule regeln könnte. Sie ist ja Sonderschullehrerin. Es war nicht leicht für sie, sie war sehr sauer und auch zu Recht. Nur, weil ich jetzt zuhause war konnte Sie nicht arbeiten.

Aber sie hat frei bekommen, und erledigte Dinge im Haushalt. Es war Donnerstagabend, als ich ins Schlafzimmer von Mama ging, und mich mal wieder an ihrem Portemonnaie bedient habe. Ich habe ca 10 DM herausgenommen, und schlich mich ganz leise und heimlich wie im Krimi nach unten.

Und versteckte den damaligen Schatz. Am nächsten Tag fuhr ich morgens in das Städtchen Horst und versuchte mit 10 DM beim Getränkemarkt meinen Schatz einzulösen. Mama hatte in der

Zeit, oben ein tolles Überraschungsfrühstück herge-
zaubert. Sie hatte sogar eine Überraschung. Sie ging
leise und stolz hinunter, und wollte mich wecken.
Doch dann, der große Schreck, ich war nicht da? Und
wo war ich mmmmmmmm.....! Ach ja in der Zeit wo
Mama mich wecken wollte, war ich schon unterwegs
und kaufte ordentlich in Horst ein.

Ja ja, mit 10 DM in der Tasche konnte man schon fast,
ganz Horst kaufen.
Mama rannte wieder hoch und stieg ins Auto, um
mich zu suchen!

Doch keine spur von mir ich kam mit einem lächeln
und 1 volle Tüte am Fahrrad zurück,
und in dem Moment kam Mutti auch mit dem Auto
auf dem Grundstück angefahren.
Sie sah mich und stieg aus dem Auto. Ihr Gesicht
schrie und strahlte mit voller Mimik
Unglücklich sein und Wut aus. Ja und ich stieg vom
Fahrrad ab und sie fragte mich, was ich hinter meinem Rücken habe ich sagte nur „Nichts Mama"
Sie aber wiederum erwiderte

„Hast du etwa wieder Geld aus meinem Portemonnaie genommen?"

. Mmmm,Nö!

„Ich habe es gefunden".

Und da Mama ja nicht blöd war konnte sie eins und eins zusammen zählen.

Sie nahm mir die Tüte weg und stellte sie auf dem Küchenschrank. Sie musste gerade ganz dringend auf die Toilette und ich nutzte die Chance und nahm meine Beute, die mir nach meinem Denken zustand. Ich rannte nach unten, und schob den schweren Schrank vor die Tür, sodass Mama nicht mehr herein kam. Sie kam vom WC und sah dass die Tüte nicht mehr auf ihrem Platz war, und raste nach unten.

Sie versuchte mit aller Gewalt die Tür zu öffnen und, nach langem Kämpfen schaffte sie es. Sie kam herein und ich rastete aus und griff sie an. Sprich, ich riss sie zu Boden, und trat auf sie ein. So wie man es von den Schulen lernt und viele Bilder uns zeigen - mir heute zeigen, was diese Handlung, für Konsequenzen nach sich ziehen würde. Sei es im Negativen als auch im Positiven.

Sie schrie immer nur „hole einen Krankenwagen hole.......................ein Krankenwagen" - und sie weinte! Ich trat nur wieder und wieder auf sie ein. Diese grausamen Bilder verfolgen mich heute noch mit Recht in den ruhigen Abendstunden, wenn ich in meinem Zimmer sitze.

Sie rannte nach oben, und langsam erholte sie sich von dem größten Schock ihres Lebens.
Kurz darauf telefonierte Sie mit Frau Köster vom Jugendamt, diese reagierte gleich darauf und telefonierte mit der Kinder- und Jugend Psychiatrie in Wunstorf, nah bei Hannover, ob sie noch einen Platz frei hätten.

Leider in Moment nicht. Frau Köster würde sich in den nächsten Tagen noch einmal melden, wenn sich etwas getan hat. Beide legten den Hörer auf. Am selben Abend kam auch Andreas Feher zu Besuch er ist Psychologischer Therapeut, und hat in Hannover eine eigene Praxis. Er ist eine enger Freund der Familie und vor allem von mir. Heute verbindet uns noch diese Freundschaft. Aber lange Rede kurzer Sinn....! wie gesagt er kam am Abend zu uns da er gerade mit Mama zusammen war. Am Abend kam es noch mal zur Rangelei zwischen Andreas und mir.

Er musste auf mich drauf sitzen, bis ich aufhörte zu schreien.
Da es damals noch nicht die Idee der stillen Treppe gab, und Die Nanny bei RTL, war Andreas der sogenannte Nannystar. Aber liebe Leser und Leserinnen die, welche heutzutage die Nanny schauen, können sich das Desaster so einigermaßen in Bildern vorstellen.
Es war Freitagabend und er blieb das ganze Wochenende um am Montag die weiteren Dinge für die Zukunft an der Schule zu diskutieren.

Ja nun, am Samstag stand ich sehr früh auf, und schlich mich nach oben, und ging an Andreas Portemonnaie und nahm 20 DM heraus. Ich fuhr zu Schlecker und kaufte mir einen Rucksack voll mit Süßigkeiten.

Ich schaffte es sogar unbemerkt die Ware in mein Zimmer zu schmuggeln. Ich ging nach unten, und schob einen Schrank vor die Tür, damit sie nicht herein kommen konnten. Und ich schloss die Tür ab, und blieb dort die ganzen Tage.

Am Montag wollte ich immer noch nicht aus dem Zimmer kommen. Den ganzen Tag versuchten Andreas und Mama, mich aus diesem Zimmer zu locken doch ich kam nicht heraus. Da heute ja auch das Gespräch mit der Lehrerin in Großburgwedel ist, lief es dann aber darauf hinaus, dass Mama mit Frau Köster telefonierte, und sie ja auch dazu kommen wollte und entschied, dass ich sofort in die Psychiatrie in Wunstorf kommen sollte, leider war im Moment kein Platz frei, wie sie aber bei einem Gespräch in der Psychiatrie erfahren haben.

So kam ich für die zwei Wochen, in eine Notaufnahme Einrichtung in Bad Nenndorf.

Dort blieb ich zwei Wochen, und dann kam ich in die Psychiatrie in Wunstorf. Wo ich insgesamt 2 Monate verbrachte. Nach langen Gesprächen mit dem Jugendamt und den Ärzten und meiner Mutter, ist das Jugendamt zu dem Beschluss gekommen, dass ich in ein Kinderheim sollte.

Sie meinten, dass ich in der Pflegefamilie nicht mehr sein sollte. Über eine Sachbearbeiterin der Psychiatrie kamen die Herrschaften auf die Idee um nach freien einem Platz im Heilpädagogischen Kinder- und Jugendheim in Rotenburg - Wümme zu suchen.

Mit Glück und einer Prise Mut hatten sie für mich einen Platz gefunden.

Zwei Wochen später kam es zu einer Zusammenkunft. Also es war Dienstag der Ähmmmmmmm...Nö......! Och menno....! da habe ich das Datum vergessen so was dusseliges - liebe Leser.

Um 11.15 Uhr - kamen sie; eine Erzieherin die etwas kräftiger gebaut war, dann der sozialpädagogische Leiter der Einrichtung und der Hausleiter.

HIER EINE AUSFÜHRLICHE ERKLÄRUNG ZU DIESER EINRICHTUNG!

Es war einmal ein Heim, dass negativ und doch authentisch in die Geschichte der Deutschen, hineinpasst. Der Leitspruch dieser Einrichtung ist es, oder sollte es eigentlich sein, Menschen mit einer Behinderung zu fördern, und in all ihren Entwicklungsphasen gute und vor allem geborgene pädagogische Liebe zu vermitteln.

Ihnen das Gefühl dort zu geben, dass sie sich nicht für Ihre Krankheit schämen müssen, die Gott ihnen in die Wiege gelegt hat. Da diese wunderbaren Wesen Gottes schon genug mit ihrem Schicksal bestraft wurden, ist es unmenschlich und nicht angemessen, wenn diese Menschen in der heutigen Wirtschaft ausgegrenzt werden.

Genau wie die alten Menschen auch.

Aber auch die Menschen zu fördern, und nicht psychisch und seelisch zu erniedrigen, und sie erinnern, dass sie behindert sind, und wenn sie mal eine Idee beziehungsweise Mut zur Selbstständigkeit aufbringen, sollte man als gelernte Pädagogen!!!!!!
,sie nicht auslachen und ihnen eintrichtern, dass ihr Leben bereits für einen lebenslangen Aufenthalt in dieser Einrichtung und der zugehörigen Werkstatt für behinderte Menschen geplant ist, und sie als nicht gesellschaftsfähig in der Einrichtung gefangen hält'.
Sie, die Mitarbeiter der Heilpädagogischen Kinder- und Jugendheime Rotenburg Wümme e.V. taten nicht, was ein Pädagoge oder ein Erzieher tun muss; Menschen mit einer Behinderung zu betreuen und ihnen Lebensweisheit zu vermitteln. Nein wir wurden über einen Kamm geschert

Diese Zeit und die negativen Erfahrungen und die Fehler im menschlichen Umgang mit Behinderten Begleitet mich heute noch in meinen Depressionen.

In den folgenden Zeilen begleiten Sie mich, und erleben Sie wie ich mich im Knast der eingeschränkten Möglichkeiten und durch das Fehlverhalten der Mitarbeiter gefühlt habe, und was ich durchmachen musste. Das schon fast gegen die Menschenwürde und Rechte geht. Letztendlich bin ich aber froh, dass ich Ihnen das erzählen darf und das bedeutet mir sehr viel.

Die Einrichtung ist in Rotenburg - Wümme, sie ist ein eigennütziger Verein und hat mit den Rotenburger Werken nichts am Hut. Für all die, die von diesen Werken nichts gehört haben,
die Rotenburg Werke ist eine Anstalt für Menschen mit verschiedenen Behinderungen. Sie haben ungefähr 1000 Menschen mit einer Behinderung die In den Werkstätten man nennt sie auch WFB,
umfangreich betreut und auf ihre Bedürfnisse sozial und psychisch eingehen.

Da zu bietet die Anstalt eine große Sonderschule und dazugehörende betreute Wohnanlagen, wo auch am späten Abend ein Programm für die Menschen angeboten wird. Dieses Gelände ist ca 50 Hektar groß und bietet auch vielen Menschen mit einer geistigen oder anderen Behinderung einen Platz zum Arbeiten. Aber kommen wir mal wieder zu der Einrichtung wo ich war meine Herrschaften.

Wie gesagt ist der Verein am Bahnhof, und hat dort eine staatliche Privatheim Sonderschule, die sich Bernhard - Röper- Schule nennt. In diese Schule gehen ca 50 Schüler zur Schule Es gibt in der Schule 2 Abteilungen. Einmal die GB Abteilung, und die LB Abteilung. GB bedeutet, dass in dieser Abteilung nur die Schüler mit einer geistigen Behinderung gefördert und unterrichtet werden. Zu dieser Abteilung möchte ich noch folgendes sagen. Der Unterrichtsstoff bezieht sich auf das handwerkliche, das heißt Rechnen und Lesen stehen nicht an der Tagesordnung, sondern diese Schüler am Ende der Schulpflicht in die Werkstatt (WFB) gehen und ihr Leben in einer Einrichtung endet.

Den Mitarbeitern an dieser Schule ist das Handwerkliche wichtiger als die Schüler mit Lesen und Rechnen zu fördern. So nach dem Motto, die brauchen ja keine Bildung da es zuviel Aufwand kostet denen den Lernstoff beizubringen.
Da sie ja sowieso nichts kapieren. Und ihr Leben schon von uns verplant ist. Diese Taktik der Einrichtung grenzt fast schon an eine gerichtliche lebenslängliche Strafe. Nur mit dem Unterschied, dass diese Menschen einfach nichts dafür können und sie hinter ihrem Rücken einfach dazu verdonnert werden.

Aber was erwartet Ihr eigentlich an solchem Verhalten ist auch die Bundesregierung schuld. Es wird immer alles teurer und die Fördergelder werden gekürzt.

Mit Fördergeldern könnte man mehr Mitarbeiter einstellen, die intensiv und ernsthaft auf die Schwächen und Schwerpunkte der Menschen mit einer Behinderung eingehen. Es ist schwer aus so einem Kreislauf heraus zu kommen
Ich habe das geschafft, aber nur weil ich ehrgeizig und mit einem Ziel vor Augen, wehrte ich mich mit Händen und Füssen, auch mit diversen Anschlägen auf die Mitarbeiter, aus diesem Teufelskreis heraus zukommen.

Meine Höhenflüge, wie sie sagten haben mich da hingebracht wo ich heute stehe.

Als freier und unabhängiger Mann.

Aber viele machten nicht den Schritt und ließen alles mit sich machen. In mir war schon immer eine Ader der Führungskraft und mit Gerechtigkeitssinn.
Dass ist auch der Grund warum Ich meine Stiftung „A Heart for Disabled Stiftung" gründen möchte.

Aber dazu später Also gut LB bedeutet,
Lernbehindert, in dieser Abteilung sind die Intellektuellen, die im Lernen ihre Schwierigkeit haben sprich, dass sie Verhaltens Störung im Alltag zeigen.

Aber die Wenigsten sind verhaltensgestört, geschweige denn lernbehindert. Sie werden nur zu wenig gefördert.

So, jetzt kommen wir zu den Wohngruppen.
Die Einrichtung hat auch 5 Häuser, wo jeweils betreutes Wohnen angeboten wird.
Wie gesagt das Konzept der Einrichtung lässt zu wünschen übrig und in diesem Unternehmen
ist die pädagogische und soziale inkompetente Art, mit Macht und Gier, auf Kosten des Staates aus eigenem Interesse Profit aus der Quelle des Pädagogentums zu schöpfen.

Ein Haus steht gleich am Bahnhof. Ja liebe Rotenburger, die in Rotenburg wohnen wissen, was ich mit dem rosa farbenem Haus meine. Und für alle die noch nichts von Rotenburg gehört haben, und jetzt durch meine Biographie drauf aufmerksam geworden sind.

Nun möchte ich gerne Ihnen meine Leser, erklären, was es mit dem mysteriösen rosa farbenen Haus auf sich hat. Vor weg es ist kein Bordell und auch kein Sexshop. Nä, es ist 100 Jahre alt und es hat einem Arzt gehört, der in der Kriegszeit tätig war.

Er baute es als eine Villa, und starb vor 20 Jahren. Dann stand das Haus 10 Jahre leer, wo dann wiederum Obdachlose in diesem schönen Haus eine warme und sichere Bleibe hatten. Ich muss dazu sagen, dass diese Einrichtung schon immer einen touch von Geldverschwendung im Alltag zeigte.

Sprich, sie konnten in manchen Fällen nicht mit Geld um gehen.

Diese Einrichtung gehörte mal 3 Privat Männern, die Ihr Vermögen in diese Einrichtung hineinlegten, aber auch zugleich staatliche Gelder flossen, einfach nicht damit umgehen konnten. Sie wirtschafteten es dermaßen in die Miesen, und waren am Ende bankrott. Dann wiederum kauften drei Geschäftsmänner die in Rotenburg sehr angesehen waren, das Objekt und benannten einen Vorstand und bauten systematisch und mit einem Konzept nach oben. Sie müssen sich das wie bei dem VW Konzern vorstellen. Wo drei oder mehr im Vorstand sitzen. Da sitzen jetzt eine Ärztin, ein Anwalt und ein Finanzmann im Vorstand; dann gibt es den Heimleiter, der aber seit Kurzem, wie ich aus Quellen hörte, durch eine Frau ersetzt wurde. Da der feine Herr Springmaus das stolze Alter von 60 Jahren erreicht hat und in Rente gegangen ist.

Ja dann der Finanzträger auch stellv. Geschäftsführer. Der sich um die finanzielle Lage, Ausgaben und diversen Geldquellen kümmert. Dann der Dritte in der Geschäftsführung.

Herr Aschenbrunner, der war und ist der sozialpädagogische Leiter, und kümmerte sich um die aufrechten Kontakte zum Jugendamt und den Ämtern, wo er auch für die Anschaffung von Jugendlichen wirbt. Ist im Grunde so, dass er so gut wie möglich viel Behinderte und taugliche Jugendliche einsammelt, da mit die Ämter bezahlen und die Einrichtung voll bleibt. Ist ja auch klar, warum er somit ein Schleimer und arrogantes Arschloch ist. Jeder Platz kostet dem Steuerzahler und wiederum dem Staat „3093,93 Euro monatlich" Muss man sich mal vorstellen, er verspricht den Menschen, sprich den Jugendlichen den Himmel auf Erden, dass sie viel unternehmen, viel los ist und dass sie rund um die Uhr ein Programm haben. Mit verschiedenen Angeboten.

Im Gegenteil man kommt in diese Einrichtung - gerade von zuhause weg, und schon wie im Knast. Die Mitarbeiter sind streng, herzlos und zugleich unprofessionell. Sie lassen denn die Kälte spüren und wenn die vor Heimweh fast umfallen, werden sie gleich mit dem Worten konfrontiert „ Du bist nicht umsonst hier, finde dich damit ab - du bist behindert und keiner möchte dich zuhause haben" So, aber mit netten Worten umschrieben, werden sie begrüßt. Klar werden sie auch mal in den Arm genommen, aber dennoch lassen die Mitarbeiter der Einrichtung deutlich spüren, dass ihr Fehlverhalten und ihre soziale Inkompetenz, sie hier hergeführt hat.

Sie sollten das schnell begreifen und sich damit abfinden. Sie können sich gar nicht vorstellen, wie sich das anfühlt aus einer behüteten Umgebung heraus gerissen zu werden, und in einer unwohlen Umgebung einfach, ohne zu fragen, ob sie das wollen oder nicht, hineingesteckt werden. Ja - das ist Deutschland - sehr sozial aber was will man erwarten, Es gibt ja auch so zusagen in Niedersachsen arme Kinder die hungern. An denen wird ja an allen Ecken und Kanten gespart.

So ist Deutschland, wie sich auch die Politiker in ihren Handlungen äußern. Hauptsache ihr Gehalt ist entsprechend königlich. Was das Volk angeht ist ihnen doch egal, nach außen versprechen sie, dass sie sich für die Volksinteressen einsetzen und auch so handeln, doch eigentlich gehen sie nur ihren privaten Interessen nach.
Jetzt bin ich wieder mal vom Thema abgekommen, hinter dem Amtshof ist ein großes Haus, dann in Scheeßel und am Ende der Stadt sind noch zwei die dazu gehören.
So meine Lieben, jetzt aber lassen sie uns schnell mal leise horchen, was in der Wunstorf er Klinik über mich gesprochen wird und vor allem was über die Zukunft entschieden wird. Man kann nur gespannt sein. Hm..... wie lösen wir das Problem? Ja, ganz einfach so, Ladies and Gentlemen sie und ich werden jetzt gedanklich uns in eine Fliege verwandeln. Begleiten Sie mich mit in das Geschehen.

So im Raum angekommen hören wir. Wie heftig diskutiert wird. „ ja Sascha muss entlassen werden. Jeder Tag kostet die Kasse viel Geld". Erwidert der Arzt. Herr Aschenbrunner sagte ganz leise und hinterhältig zu Mama „ Na Fr. Grübler, sind sie auch so eine von denen, die nur Kinder zur Pflege nehmen, um das Geld vom Staat einzusacken, und wenn es mit dem Kind zu viel wird, es einfach weg schicken?" Mama guckte Herrn Aschenbrunner nur mit großen feuchten Augen entsetzt an und es traf sie tief. Sehr ....tief.

Mama war vor allem von den ungerechten Anschuldigungen so betroffen, dass sie innerlich sehr traurig war.

So geschah es, dass sie mich nach zwei Stunden dazu holten
und erklärten mir, dass ich dort Freunde finden würde, und Herr Aschenbrunner machte mir seine Einrichtung schmackhaft. Mama wollte eigentlich nur, dass ich einen Sozialpädagogen für zu Hause bekomme, der sich mit mir ein wenig beschäftigt. Sie wollte mich nie hergeben. Aber die von der Einrichtung erklärten mir, dass Mama mich nur weggeben wollte, weil Sie die Nase voll von mir hatte.

So begannen die Intrigen und Machenschaften hinter dem Rücken von Mama. All diese Dinge und noch mehr bekam Mama nicht mit. Es wurde auch in den laufenden Jahren, immer von den Erzieher so bei Gesprächen und Telefonaten, dargestellt und vor allem so zurecht gedreht, dass zum Schluss die Erzieher als gut und professionell da stehen.

Da man ja einen geistig behinderten Jugendlichen, nach seinem Äusseren nicht war nehmen kann. Mama glaubte, und vor allem lies sie sich immer von den 4 Erziehern meiner Gruppe, belatschern. So unter dem Motto, sie war im Tagesgeschehen sowieso nicht dabei, und konnte auch nicht bei der Arbeit zu sehen, wie die Jugendlichen diskret untauglich für die Gesellschaft gemacht wurden.

In dem sie die Jugendlichen
psychisch und seelisch, schädigten. Es wurde selten gefördert, doch meist nur daran erinnert, dass sie nichts zu sagen haben, da sie behindert sind und untauglich für die Gesellschaft waren. Wünsche und Träume, wurden mit einem amüsanten Lächeln niedergemacht. Hatte einer Träume und Wünsche auf Bildung zum Beispiel, wurde gleich telefoniert, und erzählt, dass diese Jugendlichen, nicht als Praktikanten oder für den Betrieb geeignet sind.

Es wurde auf ihrer Würde herum getrampelt;
bei Ausflügen in die Großstädte, wie Hamburg oder Bremen. Es wurde als pädagogischer Maßnahme behandelt, da die Jugendlichen überwiegend vorweg rannten, sie mit dem Worten, zum Beispiel,

„ Herr Bönisch zur Medikamentenausgabe"

auf diese Art und Weise auszubremsen

Stets war das von den 4 Mitarbeitern ein Spaß gewesen, aber sie machten sich gerne in der Öffentlichkeit über Ihre Bewohner, mit einer Behinderung lustig und stellten sie auch in manchen Fällen vor den anderen bloß.
Stets ihre Würde missachtend, und stellten sich als was Besseres dar, und der Bewohner, war denen egal.
Hauptsache sie machten sich lustig. Und rastete der Bewohner, wegen den billigen Scherze aus, bestraften sie das Verhalten auf dem Ausflug, mit nicht Teilnahme an dem gemeinsamen Essengehen
sprich sie gingen alle Essen, und der Bewohner durfte zur Strafe zuschauen. Wiederum kamen dann von den 4 Erziehern, Sticheleien, wie

„ Mmmmmh, ist das aber lecker, oha, es dürfen nur liebe Kinder mit essen".

Der Bewohner war den Tränen nah. Und keiner sah seinen Schmerz und seine tiefe seelische Verletzung, sein Verlangen nach Zuneigung, Liebe, und Geborgenheit.

Es sind junge Erzieher, die für solche Sachen weder Erfahrung noch Feingefühl haben, und deswegen meine und sage ich Euch, dass diese Einrichtung Pädagogen beschäftigt, die Ihre Lizenz im Lotto gewonnen haben.

Äußerlich erscheint die Einrichtung: herzlich, gemütlich und vor allem vielversprechend aus, aber hinter all den Fassaden steckt, Macht, Gier, und vor allem Geld.

Das nennt man auch geschäftsgeil.   Profit steht in dieser Einrichtung ganz oben auf der Tagesordnung. Viele Heimlichkeiten werden hinter dem Rücken der Ämter begangen. So genug erklärt, fahren wir fort.

Das ist Deutschland, hart aber auch ungerecht.

Menschenrechte bei Behinderten spielen in dieser Einrichtung keine nennenswerte Rolle. Entscheidungen werden von den Erziehern einfach über die Köpfe der Betreffenden hinweg frei entschieden.

Also gut…..zu dem Ganzen, ich nickte und stimmte zu. Es wurde gleich darauf ein Besichtigungstermin vereinbart – für den darauffolgenden Dienstag. Ja Ihr könnt euch sicherlich zwischenzeitlich denken wie es in mir aussah. Mein Geist, die Seele und mein Verstand nahmen wahr wie mir die Bodenständigkeit und die Geborgenheit die mich doch etwas in der Pflegefamilie zu halten versucht hat, so schnell entrissen wurde.

E s war auch die letzte Woche in der Pestalozzi Stiftung in Großburgwedel. Die Lehrerin die auch Erzieherin ist, und der ich vor dem Aufenthalt im LKH, mit einer deftigen Backpfeife zu verstehen gab, dass ich mit ihrer inkompetenten Erziehungsmethode nicht einverstanden war. Nun denn, war nicht grade
sehr höflich, aber diese Frau hatte es verdient. Sie machte es einem schon sehr schwer.

Aber trotz dem ist das Verhalten nicht fair gewesen.

Was mir auch sehr leid tut. Aber ist nun einmal geschehen.

Am Dienstag haben wir uns die Einrichtung angeschaut. Hm….. da war ein komisches Gefühl in mir. Mein Eindruck war relativ mittelmäßig normal. Ich hatte schon gemerkt, dass ich jetzt auf mich allein gestellt bin, das behütete Eigenheim und ein bissel Geborgenheit - weg - vorbei - was mühsam und doch liebevoll Mama aufgebaut hatte. Es war mir gar nicht bewusst, dass es ab jetzt Menschen gab die über mich bestimmen würden.

Da ich den Behinderten Status hatte, waren sie berechtigt die Zukunft und jegliche Freiheiten mit ihrer Selbsteinschätzung zu beeinflussen, sogar in die Hand zu nehmen. Die staatliche Betreuung ab den 18. Lebensjahr verstärkte dieses Komplott. Ab diesem

Zeitraum war ich anders als jeder andere normale 12 jähriger Junge. Ganz abgeschottet von der Welt und in Unterdrückung flüchtete ich aus Selbstschutz in einer Fantasiewelt, von mir erschaffen. Wo ich von Liebe und Herzlichkeit umgeben war. Normale Jungs gingen in die Schule und wuchsen normal mit Freunden und einer Familie auf. Sie gingen aufs Gymnasium um später mal ganz groß Karriere zu machen.

Aber das wurde mir verwehrt.
Jedes Mal hab ich mir gewünscht so zu sein wie jeder andere. Aber die Realität sagte und prophezeite andere Dinge voraus. Man quetschte mich in eine Position wo ich nicht hinein gehörte.

Ich hatte ein Behinderten Status und wurde auch so behandelt. Es war mit einer Haftstrafe zu vergleichen. Sorry es hört sich so hart an, aber anders kann ich es nicht beschreiben, da mein Verstand, die Seele und mein Herz es genau so gefühlt hat, wie mein Gehirn.

Für euch Ottonormalverbraucher unfassbar nach zu empfinden, aber solche Schicksale sind in der heutigen Gemeinschaft, nicht auszugrenzen. In Gegenteil sie passieren und keiner bekommt die Hilferufe der Betroffenen mit. Da jeder grundsätzlich mit sich und seinem Empfinden beschäftig ist. Schade - aber so ist es.

Ja es war ein Leben in Trauer und Unterdrückung.

Da mir keiner helfen wollte und mich und meine Hilfe rufe nicht wahr nahmen. Flüchtete ich wie gesagt in eine Fantasiewelt - die ich mit dem Herzen erschaffen habe.

Sascha`s kindliche

FANTASY WELT!!!

Vorab möchte ich Sie drum bitten die Augen zu schließen, und sich folgendes vorzustellen.

Sie sitzen auf einer Parkbank im Schlosspark Herrenhäuser (Hannover), sie genießen die wunderschöne Natur und die Sonnenstrahlen.

Dass königliche Ambiente ist einzigartig. Nun angekommen, lassen Sie noch ihre Augen bitte geschlossen.

Herzlich Willkommen in Sebastians Fantasy Welt wo

Harmonie und Anerkennung Tür an Tür wohnen. Wo Einsamkeit & Streit keinen Platz zulässt, wo alle in Frieden leben, und Geld und Status keinen Wert ha-

ben, nein nicht der dritte Welt Frieden - sondern Sascha`s Fantasy Welt,
wo Teenager hineinflüchten wenn sie aus Heimen oder Elternhäusern kommen wo Geborgenheit und Liebe ein Fremdwort sind.

Diese Fantasy Welt hilft Leuten dahin zu flüchten wenn das Leben des Alltages zu grausam ist.

Ich möchte dazu kurz anmerken, dass ich da gerade 13 Jahre alt war und ins Heim kam, deshalb diese Fantasy Welt die oft geholfen hat wenn man zu traurig war.

Wo jeder jeden kennt, und das Zusammenleben harmonisch verläuft.

Selbstverständlich, war ich dass Oberhaupt - ein König wie er im Buche steht. ☺

Ihr wisst ja, den Hang zum Adel hatte ich ja schon früh entdeckt.

Sebastians Fantasy Welt ist gleich zu beschreiben wie das himmlische Paradies im Himmel nur bei mir ist nicht Gott das Oberhaupt, sondern King Sascha ☺

Ja, ja…, ich weiß man darf doch mal träumen… Hihi hihi (Grins) ☺

DIE ERSTE ZEIT IM HEIM

Nun nach einer aufregenden und innerlichen Angst, die in der Woche deutlich bemerkbar wurde. Genoss ich die letzten Stunden.

Wir haben uns angeschaut und ich nahm Abschied von der Pestalozzi-Stiftung Burgwedel.

Voller Schmerz, sahen Frau Mayer, die meine Lehrerin war, und ich uns zum letzten Mal.

Nach meiner Theater Attacke, war Sie sehr zurückhaltend mir gegenüber.

Kein Wunder denn, welcher 11 jähriger Schüler beißt im Wutanfall, wie ein verrückter Werwolf, seiner Lehrerin in den Busen, seien Sie bitte nicht so geschockt. Ich will es ja gar nicht schön Reden, aber ich war nun mal 11 Jahre, oder?

Nun zu wichtigen Themen.

Am Tage des Auszugs, war ich sehr früh wach. Mama machte mir noch Frühstück, es war die letzte Mahlzeit in der Freiheit, im Hause der Pflegefamilie. Den nun heißt es in einem Heim mit 10 anderen Kindern zu leben; das kannte ich bis dahin nicht.

Ich war anderseits sehr traurig und ängstlich. Aber auch sehr neugierig. Auf die vielen Spielkameraden.

Dann musste Mama aber dringend zur Arbeit. Ich wartete noch ein wenig.

Dann kam die Tante vom Jugendamt, mit ihrer jungen Praktikantin, und holten mich zur Fahrt ins Städtchen Rotenburg Wümme ab. Die Praktikantin saß neben mir und versuchte mich mit Kartenspielen zu beschäftigen. Nach eineinhalb Stunden waren wir dort
Nun nach einem Aufnahmegespräch, packte ich ganz scheu und traurig meine Sachen aus.

Ca 1 Stunde später kamen die anderen 9 jugendlichen Bewohner von der Heim Sonderschule, die nicht mehr als um die Ecke war.

Die 4 Erzieher wechselten sich jeden Tag zu zweit ab. Torsten, Andreas, Britta und Christel waren die Erzieher; Britta war schon im Aufnahme verfahren in Wunstorf dabei so wie auch der Hausleiter.

Unten war eine Küche mit der Heimhaus Köchin und einer russischen Putzfrau. Ulla war die Köchin und Katharina war die Putzfrau.

Und der Zivildienstleistende.

Nun ja der Zivildienstleistende, war ja nun kein Leckerbissen, junge Leute konnten sich aussuchen ob Bundeswehr oder Zivildienst. Ich wäre bei der Bundeswehr auch nicht gut aufgehoben. Der Ton ist dort sehr rau und gewöhnungsbedürftig.

Und Mobbing zwischen den Kameraden ist auch ein Grund warum viele Zivildienst machen. Ich bin auch viel zu sensibel, würde bei der Bundeswehr unter gehen. Nein, nein...! Ich, ganz ehrlich bewundere die jungen Menschen die Zivildienst machen. So entfaltet sich ihr Sozialvermögen ein wenig, und sie leisten einen enormen Dienst für die Allgemeinheit.
Ich finde es vom Staat unmöglich das junge Menschen die eine Ausbildung zum Erzieher lernen kein Ausbildungsgeld bekommen.

Nun ja so war es. Sie können sich ja nicht vorstellen wie das Gefühl war, als ich nun im Heim saß. Gefühlsmäßig ganz unten. Schlimmer konnte es nicht mehr kommen. Für mich brach eine Welt zusammen. 11 lange Jahre lebte ich im behüteten Umfeld In einer Familie.

Dann von heute auf morgen so eine Umstellung - war schon sehr traumatisch.

Nun es war Anfang Januar, 2000 Der erste Tag in dem Heim; Britta ging um 14:00 Uhr nach Haus und ein Erzieher namens Torsten, löste Britta ab. Doch dazu etwas später..

Es waren 9 Kinder in der Gruppe jeder schaute den Neuling, (also mich an) ganz besonders ein Junge namens Tobias. Wie beschreibe ich Tobias, dünn, lang etwas Pubertät im Gesicht, in Form von Pickeln, er setzte sich gegenüber, und Britta sagte,

„Sascha, das ist Tobias, dein Zimmernachbar ihr wohnt zusammen in einem Zimmer."

Nun ich packte aus und richtete mich ein. Dann gab es Mittagessen, mein Herz schlug wie ne Dampflok alles war neu und sehr gewöhnungsbedürftig, ich aß nicht viel da ich sehr traurig war.

Es war als ob die Zeit drum herum stehen blieb. Wie im schlechten Film. Ich musste mir meine Tränen verkneifen.

Dann gingen wir in die Mittagspause. Ich schlief etwas um meinen Schrecken und Schock und die Ersten vielen Eindrücke zu verarbeiten.

Nun komme ich zur o.g erste Zeile. „ Britta ging nach Hause und ein gewisser Torsten kam"

Die Mittagspause ging von 13:15 - 14:45 Uhr je nachdem, wie lange die Übergabe dauerte.

Meist wurden private Gespräche geführt da man sich untereinander unter den Erziehern lange kannte. Es hatte was von Familienharmonie an sich!!

Und ganz wichtig zu erwähnen. Es gab ein rotes Buch wie ein Klassenbuch wo der Vormittag oder Nachmittag genauestens dokumentiert wurden. Da stand alles drinnen Und es musste 10 Jahre aufgehoben werden, dies war die Vorgabe der Heimleitung.

Nun ja.

In den nächsten Tagen hatte ich mit Torsten Streit. Ich ging ja nicht zur Schule, weil es dort so war. Die Schuldirektorin musste erst mal schauen in welche Klasse ich hineinpassen würde.

Dann war ich mit Torsten einkaufen ich wartete unten in der Küche. Die Köchin hieß Ute.

Dann bekam ich nach einem Streit mit Torsten, einen Ausraster, weil das Heimweh und der harte Umgangston von Torsten meine Traurigkeit untermauerte und rannte in mein Zimmer.

Und schob ein Holzhochbett vor die Tür.

Es wog 70 Kilo.

So kam Torsten nicht hinein. Nachmittags war Torsten schon weg, Die Mitarbeiter waren ratlos, weil ich immer noch gestreikt habe, ich musste nach Hause zu Mama Karin, ich machte das Fenster vom zweiten Stock auf und sprang und fiel hinunter.

Ich hatte einen Schutzengel der bei mir war.

Ich flog vom zweiten Stock und brach mir nur den Arm und lief schnell weg. Ich wollte nach Hause. Am Abend wurde mein Arm operiert. Was ich sehr liebevoll fand, dass Britta die ganze Zeit bei mir geblieben ist. Ja Britta hat ein Herz aus Gold.

Es war übrigens das Jahr 2001.
Im April hatte ich mit einem Jungen Streit. Ich schließe mich aufs Klo ein. Wenige Minuten später klopfte jemand an der WC-Tür, ich dachte das es der Junge war , ich nahm mein Mut zusammen und Machte stürmisch die Tür auf und in teuflischer Wut, biss ich die gegenüber stehende Person, ohne überhaupt real, wahrzunehmen, dass es nicht der Junge war, sondern meine Lieblings Erzieherin Britta. ☹

Ich biss ihr in dem Arm, mich ritt mal wieder der Teufel

Mein erster Geburtstag im Heim.

Ich wurde 13 Jahre alt.

Im April kam ich in die Schule. Der Klassenlehrer hieß Dieter Fritsch. Er ist ein liebevoller Mann.

Er war auch bei der Kirche in Bremen tätig. Die 6 Wochen sind vorbei. Mama und Andreas kamen. Es war schön sie alle beide wieder zusehen. Im Juli machten wir mit Torsten und Britta eine Ferienfreizeit. Nach Holland.

Sie ging vom 24.7.2001-10.8.2001. Es war sehr schön, mal hier und dort haben wir Unternehmungen gemacht.

Es fängt das Jahr 2002 an.

Es gab eine Unterredung, zwischen der Einrichtung und meiner Pflegemutter, das Ergebnis war, dass Mama mich dieses Jahr nicht zuhause haben wollte.

Sie musste erst mal wieder Kraft aufbauen.

Bei so einem harten Vorfall, als ich sie angegriffen habe.

In dieser Zeit hatte mein Pflegevater, Wolfgang Hinz Erbarmen, und holte mich öfter mal für ein paar Tage ab, dies tat er sicherlich um Karin zu ärgern,

denn später holte er mich ein letztes Mal ab und sagte,

**„ Sascha, da sich Karin nun wieder um dich küm-
mert, ist das nun dass letzte Mal, in Zukunft möchte
ich nichts mehr mit dir zu tun haben"**

Dies hielt bis heute an. Eins muss man Wolfgang Hinz
lassen, er hat Durchhaltevermögen. Schade, dass
unsere Kontakt heute nicht mehr besteht

Christiane ging dieses Jahr in Rente. Es kam eine gut
aussehende Frau, sie heißt Cindy.

Wir fuhren mit ihr und Andreas nach Attendorn. Liegt
im Sauerland. Die Freizeit ging vom 22.7.02-4.8.02.

Es hat sehr gut gefallen.
Ute ist eine sehr liebevolle, freundliche Frau.

Ich ging jetzt zur Krankengymnastin.

Die Frau die das mit mir macht heißt Jutta Goldstein.

Sie ist eine sehr liebevolle Frau und hat ein Herz aus
Gold und sie macht viel für die Stadt Rotenburg. Sie
ist einfach Klasse.

DAS DRAMA DAS SICH IN DIESER KIR-
CHENGEMEINSCHAFT AB SPIELTE

Im August meldete mich Torsten für den Konfirmann-
tenunterricht an.

Bei der E.V.LUHTER Stadt Kirche im Oktober ging
Torsten mit mir hin.

Es waren 32 Konfirmanten. Hätt ich da schon gewußt
was alles auf mich in den nächsten Jahren auf mich zu
kommt. Hätte ich mich nie angemeldet. Wir machten
Spiele. Wir machten auch noch in diesem Jahr eine
Busfahrt.

Das schrecklichste war für mich , dass es drei Jugendliche gab die mir in der ganzen Konfirmationszeit das
Leben schwer machten.

Sie haben gemerkt, dass ich schwächer war. Sie är-
gerten, mobten mich und hackten auf mir herum.

Das ging die ganze Konfirmantenzeit so .

Von 2OO2-2OO4

Und es wurde in der Kirche nichts unternommen,
auch wenn es nicht immer für mich sehr einfach war

Munterte mich Herr Pastor Keihlack mit seinem Humor wieder auf.

DER BESTE PASTOR WEIT UND BREIT
Pastor Keihlack made in Germany

Herr Keihlack ist ein Mann der anderen zuhörte und ein goldenes Herz hat. Seine Frau war auch Pastorin. Sie ist hübsch, elegant und immer für einen Scherz zu haben.

Das ist meine Lieblings Familie.
Im Herbst hatte ich versucht von der Putzfrau ein paar Euros zu nehmen. Wo das raus kam war das Theater groß. Das mit dem Ausrasten bei Tom passierte mir 13 Mal. Aber auch ich ändere mich.

So ging das Jahr schmerzvoll zu Ende. Auch wenn ich es nie leicht gehabt habe. In dieser Kirchengemeinschaft. War der Glauben stärker, deswegen habe ich auch die Zeit überstanden. Pastor Keihlack war immer lustig und ich habe viel von ihm gelernt. Er ist ein prima Kerl.

Es fängt das Jahr 2003 an.

In den Osterferien holte Mama mich wieder.
Die „ein Jahr Pause" ist zu Ende. Mama holte mich für ein paar Tage. Es war sehr schön. Mama hat ein paar

Bilder gemalt. Sie kann sehr schön malen. In diesem Jahr merkte man es mir schon an, dass ich mich eingelebt habe. Ich bin jetzt in einer höheren Klasse. Die Klassenlehrerin heißt Frau Hupfeld. Sie ist eine nette und charmant, aber es gab noch eine andere Lehrerin.

Wo ich unbedingt in der Klasse hinein wollte. Die heißt Frau Kretzschmar, mit Vornamen Roswitha. Nach vielem Ärger mit ihr, den ich immer bei ihr gemacht habe. Kam ich in ihre Klasse. Sie sagte dann noch.

" Wen der in meine Klasse kommt, dann lernt er erstmal wie man sich zu benehmen hat".

Aber darauf komme ich in einem Jahr zurück. Sie ist eine Frau, die selbstbewusst durchs leben geht. Liebe Leser, Mama, und ich und der Bekannte und sein Sohn machten eine Fahrt nach Dresden. Das war Himmelfahrt. Ich lernte Tante Hilde und Onkel Klaus kennen und natürlich seine 6 Töchter und meine Cousins, Uwe und Frank und habe auch noch Opas Bruder kennen gelernt. Dann noch Onkel Karl, und Tante Christina. Es hat mir sehr gut gefallen

Wir schauten uns das Schloss Morizburg an. Jan Philipp war noch auf Abstand und redete nur das wesentliche mit mir. Dieses Jahr war es schön. Mama brachte mich dann nach Rotenburg.

Sie erzählte mir, dass es Opa sehr schlecht geht, er hat Blutkrebs.

Ich dachte mir nichts dabei.

So unter dem Motto er wird wieder gesund.

Es fängt das Jahr 2004 an.

Am 7.1.04 Kam ich endlich in der Abschluss Klasse, zu Frau Kretzschmar.

Am Anfang musste ich harte Kritik weg stecken. Und setzte all die Dinge um die man mir sagte.
Am 26.3.04 ich war jetzt 16 Jahre alt. Es war Ferienzeit und es waren die Schlimmsten die ich je hatte, denn es ging um Opa.

Am 28.3.04 sind wir mit Torsten und Britta und Cindy, und noch ein paar von der Gruppe zum Frühstücks-Brunch. In dieser Zeit verschlimmerte sich Opas Zustand dramatisch
Dass er da schon tot war wusste ich nicht.

Es war die Nacht vom 27.3.2004 auf dem 28.03.2004

Als Robert Grübler nach einem langen Krebsleiden, im stolzen Alter von 86 Jahren, für immer die Augen schloss.

Aus Erzählungen wurde mir herangetragen, dass Opa noch in der letzten Stunde an mich dachte.

Schade, dass ich mich nicht persönlich verabschieden konnte, dieses Mitdenken seitens meiner Pflegefamilie war in diesem Moment, gänzlich durcheinander.

Oma Erika, hat den Tod ihres geliebten Mannes nie verkraftet, zu schmerzhaft war der Verlust nach einer wunderschönen „ 53 Jahre Ehe".

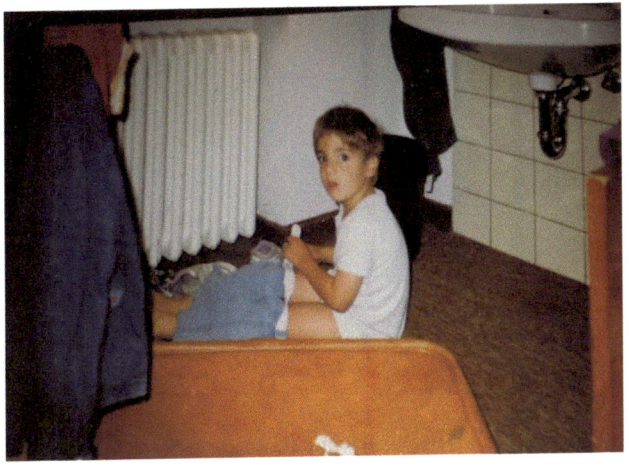

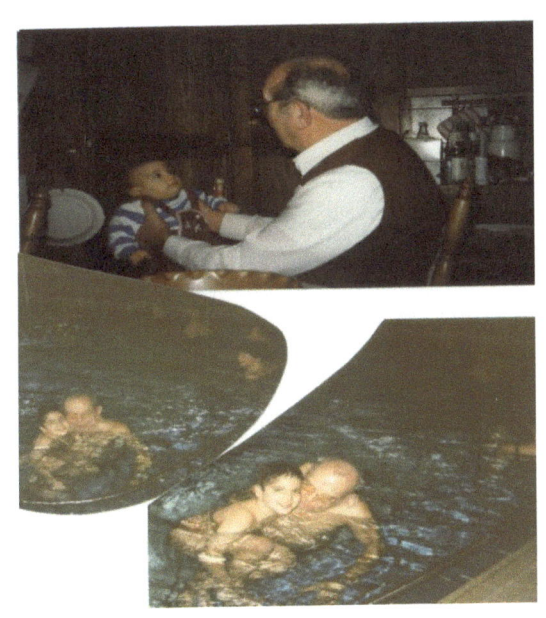

Als sie heirateten war sie 18 und er 28

Am 30.3.04 hörte ich die Nachricht.

Es brach alles wie ein Kartenspiel in sich zusammen. Ich weinte nur noch und war unendlich traurig.

Am 2.4.04 war dann die Beerdigung.
Hinterher gab's Kaffee und Kuchen. Oma wohnte im Altersheim. Im betreuten Wohnen, die Leute haben dort noch eine Wohnung und können selbst kochen. Und gegenüber war die Altenpflege. Sie hatte ja eine Erkältung. Sie hatte einen Schwächeanfall. Ich blieb bei ihr und ich hörte sie nachts weinen.

Es brach ihr wohl das Herz, - mir auch.

Am 2.5.04 war endlich die Konfirmation. Ich freute mich, dass ich die drei Vollidioten nie mehr zu sehn brauchte.

Es hatten Torsten und Britta Dienst.

Sie haben ein Büffet bestellt.

Das war sehr schön. Meine Gäste waren Axel und Monika, Roswitha, und Reinhard.

Und natürlich Mama. Liebe Leser ich hatte vor den Dreien meine Ruhe.

Und das Drama in der Kirche; hörte erstmal auf. Aber es ging schon leider bald weiter. Nu ja ich ging dann nach den Sommerferien zur E.V. Jungendgruppe.

In diesen 2 Jahren bis 2006. Werdet ihr schon merken, wieso ich Drama in der Kirchengemeinschaft sage.

In August bekam ich einen Brief von der Jugendgruppe der E.V. Luther Kirche von Rotenburg. Ich war herzlich eingeladen zur Jugendgruppe zu gehen.

Nun ja ich ging dort hin es war am Donnerstag. Dort sah ich sie. Wie sie leibten und lebten. Es waren die Teamarbeiter aus der Donnerstagsgruppe. Sie wurden extra dafür ausgebildet.

Da die 5 Mitglieder so eine Jugendgruppe leiten.

Es waren, Lukas, Janika, Rabea, Laura, und Arne, der Pastorensohn.

So ging ich hin, jeden Donnerstag und hielt das erste Jahr meinen Mund. Und beobachtete sie. Und ich bildete mir meine Meinung. Weil ich ja schon in der „Konfirmationszeit" nur geärgert und gedemütigt wurde. In diesem halben Jahr. Habe ich mich in eine wunderschöne junge Frau namens Laura verkuckt.

Laura ist ein Mädchen das 16 Jahre alt ist. Sie hat eine positive Ausstrahlung. Und ein bezauberndes Lächeln hat sie. Sie ist meine große Liebe. ☺ selbstverständlich hinter Kronprinzessin Victoria von Schweden.

Ja, ja liebe Leser Ihr werdet ja dann lesen, ob es mit Laura und mir geklappt hat oder nicht.

**Der 2. war Lukas, er ist das Herz der Kirche.
Er ist immer gut gelaunt.**

3 Rabea, sie kann sehr gut Klavier spielen. Sie weiß auch was sie spricht.

4. Janike, sie ist ein Mädchen die sehr gut zuhören kann. Und einen versteht, wenn es drauf an kommt.

5. Arne. er ist ja der Sohn von Herr und Frau Keihlack.

Er weiß wie man eine Gruppe zusammenhält. Er ist manch mal auch ehrlich und, wenn er was sagt macht er es auch und manchmal nicht. Na ja da kommt wohl der kleine Ego heraus. Jetzt klingt es ob sie freundlich und nett sind.

Aber das sieht 2006 schon anders aus. Aber ihr werdet es schon merken. Es gab dann noch eine Dienstagsgruppe. Die Werner Burfeind leitet. Er ist der Diakon der Kirche. Er ist dafür zuständig. Er ist für uns und ganz besonders für die Teamarbeiter da. Er ist ein netter Mann.
In der Dienstagsgruppe sitzen alle Teammitglieder, die in der Kirche tätig sind.

Liebe Leser ihr müsst euch das so vorstellen.

Das ist wie im Bundestag in Berlin. Da sitzen die Abgeordneten und deren Sprecher miteinander.

Und so ist es auch in der Dienstagsgruppe, in der Adventszeit fuhren wir zum Volleyballturnier nach Scheeßel.

Ich dagegen -

Ich bin in der Schule in die Politik gegangen. Denn Politik fängt schon in der Schule an, wo klare Hierarchien herrschten. Mein Selbstwertgefühl und den Drang zum großen Visionär, stellte ich mich für das Schulkanzleramt zur Wahl

Ich wurde zweiter Sonderschul-Vizeschulkanzler, was willst du machen, wenn man eine Person wie Frau Merkel an der Schulmacht hat, schwer ran zu kommen, doch ich lernte als Sonderschul- Vizeschulkanzler, vom Schulkanzler viel und insgeheim sägte ich an seinem Stuhl, denn ich war mit 15 machtdurstig und lernte schnell.

Das war das Wichtigste aus dem Jahre 2004

Es fängt das Jahr 2005 an.

Im Januar nahm ich meinen Mut zusammen und gestand Laura meine Liebe.

Ich sagte zu ihr.

„Laura immer wenn ich dich sehe den schlägt mein Herz für dich. In Zeichen meiner Liebe zu dir gebe ich dir heute mein Herz. Oh liebe Laura als Zeichen meiner Liebe, gebe ich dir, in einem Tuch eingewickelt mein Herz bewahre es dir. Bis dein Herz für mich schlägt.
 Oh Laura ich liebe dich.
Mein Herz wird immer für dich schlagen. Bis der Vorhang für immer fällt."

Es war ja meine große Liebe sie war ja jetzt 17 Jahre alt.

Sie sagte nur,

„ Sascha ich mag dich ja auch, aber ich habe schon einen Freund und ich empfinde nichts für dich"

Sie zog einen gutaussehenden jungen Mann vor, 25 Jahre alt und Türke.

Nun so einen Romantiker nimmt heute keiner mehr. So traurig sich das auch anhören muss. Aber Mädchen stehen nun mal auf Jungs die gut aus sehen und coole Sachen anhaben.

Und ich sehe es nicht ein, dass ich nur für ein Mädchen zu gefallen coole Klamotten anziehe.

Ich bin eben ein Romantiker und ein Gentleman, wenn es den Mädchen nicht passt dann ist mir das herzlich egal.

Ich sagte immer, dass irgendwann die Richtige über dem Weg läuft. Man muss nur Geduld haben. Ich sage immer zu einem Topf gehört auch ein Deckel.

Wir fuhren mit Torsten und Britta nach Brüggen zum Zelten es war das Langweiligste was es geben konnte. Nach den Sommerferien meldete ich mich zur Kirchenfahrt nach Holland an.

Wir besprachen die Fahrt, sie ging vom 14.10.05-21.10.05.

Es gab 8 Boote, 4 Kleine wo vier drauf schlafen konnten und ein zwölfer Boot.

Ich hatte Glück das Laura auf dem Boot war so wie ich. Luckas und seine Freundin waren auch auf dem Boot.

Sie hieß Janne, sie hat ein Herz aus Gold.

Es fuhren als Betreuer mit: der Diakon Werner Burfeihnd und der Diakon aus Scheeßel.

Und ne Dame und ein junger Herr.

Also gut am 14.10.05 trafen wir uns am Gemeindehaus. In Rothenburg Wümme. Wir aus der Gemeinde stiegen im Reisebus ein, dann sammelten wir die von der Gemeinde Scheeßel ein und fuhren weiter nach Holland. Nach 6 Stunden Autofahrt sind wir am Eijselmeer angekommen wartete schon das Boot im Hafen. Im Bus war eine dufte Stimmung. Ich schaute den andern beim Spielen zu.
Und genoss es bei den Normalentwickelten zu sein.
Wir packten die Koffer aus und richteten uns ein. Dann gab es Essen - ich aß nichts.

Weil ich Heimweh hatte. Und so
um 22.30 war die Andacht. Wo wir uns alle richtig kennen lernten.

Und dann gingen wir alle ins Bett, ich schlief neben Werner. Ja, ja liebe Leser der kann ganz schön schnarchen ☺ aber es war sehr lustig. Vielleicht habe ich ja auch geschnarcht.
Man kann ja nie sich selber hören.

Die Sonne ging auf und der Morgen brach an, wir frühstückten ganz schön. Werner war der Kapitän auf unserem Schiff. Gegen 13:OO. legten wir vom Hafen ab.

In der Zeit als Werner das Boot fuhr. Zeigte ich allen meine Baby Fotos. Sie fahnden es toll so lernten wir uns kennen die von Scheeßel, und genossen die Sonne.
Am Nachmittag legten wir an. Und dort war auch eine große Wiese. Dann stellten wir ein paar Stühle hin und machten Spiele. Zum Abendbrot aß ich wieder nichts. Ich ging auf dem Spielplatz und hörte Walkman.

Da kamen Laura und Janne an. Sie redeten mit mir. Und Laura sagte zu mir." Ich möchte das du morgen was isst. Als ich das hörte staunte ich und dachte nur so "Madam Laura" sorgte sich um mich, diesen Moment genoss ich von Herzen.

Weil ich wusste, dass sie nie mehr so was Schönes zu mir sagen wird.

Jammerschade. Aber es ist so.

Wir hielten eine Andacht. Es war der 16.1O.05. Wir frühstückten sehr schön und dann ging mit Laura der Wilde Tiger los. Mademoiselle wollte für gute Stimmung sorgen. Und drehte die Musik ganz laut auf. Und tanzte auf dem Boot herum und wir machten mit. Es war ein schöner morgen. Laura ist ein Mädchen das sehr sensibel ist. Und wenn jemand sie kritisierte war sie gleich wie eine Diva eingeschnappt. Ich habe unter Werners Aufsicht am Sonntag das Boot gefahren. Abends legten wir am Hafen an.

Es war eine schöne Stadt. Vom Hafen konntest du die Sterne sehen. Sie standen ganz hell über dem Kirch - turm.

Ich legte mich wie beim Film Titanic aufs Deck, und schaute mir die wunderschönen Sterne an.

Dann machten wir die Andacht. Danach spielten Werner und die Hälfte der Betreuer, mit uns ein Kartenspiel welches uns sehr viel Spaß gemacht hat.

Laura schaute mir beim Spielen zu, und ich habe sehr schön gelacht.

Sie schaute mich immer wieder kurz an, mit ihrem schönen blauen Augen Sie dachte was über mich. Ich blickte ihr in die Augen und dachte hoffentlich denkt sie was versautes, den reif zum nageln war sie alle mal.

Die Sache machte es in meiner Hose nicht besser, als Laura mich verträumt und niedlich anschaute. ☺

Am 17.10.05 haben wir nicht so viel gemacht.

Es war der 18.10.05. Wir legten nach langer Fahrt an. Und Laura, ihre Freundin und ich waren in der Stadt.

Es war toll, Laura so gut gelaunt zusehen.

Am 19.10.05 fuhren wir nach Zeven.

Das war das Urlaubshauptthema.

Die Stimmung zwischen Laura und mir, war leider nicht mehr so wie am Anfang. Deshalb nahmen mich Lukas und Janne mit in die Stadt.

Sie haben beide ein Herz aus Gold.

Am 20.10.05 machten wir nicht so viel.

Am 21.10.05 packten wir die Koffer, es ging zurück nach Rothenburg und wir fuhren sehr früh am Morgen los damit wir am Hafen sind, denn dort wartete unser Bus.

☹ Laura und ich redeten kein Wort miteinander. So traurig wie es ist.

Wenn sie ein auf stur macht - kann ich das auch.

Nä. Ich ging jeden Donnerstag hin und vor Weihnachten schrieb ich ihr ein Liebeslied und trug es ihr vor.

Mein Opa war jetzt schon fasst 2 Jahre tot und ich wünschte mir jeden Abend, das ich morgens nicht mehr aufwache. Ich sagte zu Oma nach Weihnachten

,,Sollte mir im diesem Jahr was passieren, dann möchte ich verbrannt werden und zu Opa ins Grab gelegt werden"

Es ist ein Familien Grab da passten 4 Urnen hinein. Ich hatte den Wunsch mit Opa ein Reich mit viel Gerechtigkeit im Himmel aufzubauen.

Da mit alle die mal traurig sind und da endlich glücklich zu werden.

Da sollten alle armen Kinder oder Menschen, das Glück finden. Na ja, so habe ich in meiner Trauer gedacht. Es war wohl, das ich nicht mit Opas Tod fertig geworden bin. Deswegen auch die Trauer.

Das Jahr 2006 und das Ende mit den Nerven

Es fängt das Jahr 2006 an. Wo Gott wohl ist?

Es ist ungerecht, wenn man einen Menschen den man vom Herzen liebt - so einfach verliert.

Und andauernd ans Sterben denkt. Weil man sich mit seiner Lebenssituation nicht abfinden kann.

Wo ist Gott? Es ist ungerecht, wenn man jeden Donnerstag zur Jugendgruppe geht, und das Gefühl zu haben, der einzige Blöde unter den Normalentwickelten zu sein.

Und sie nutzen einen nur aus, weil ich schwächer war.

Wo ist Gott?

Ist das Können oder nicht, wenn 4 Teammitglieder so tun als ob sie die besten Jugendgruppen Erzieher sind, und hinter Werners Rücken sich über mich lustig machen?

Wo ist Gott?

All die Fragen gingen mir immer wieder durch den Kopf.

Und so ging ich am 10.1.06 zu Pastor Keihlack und schüttete ihm mein Herz aus.

In der Adventszeit hatte ich noch ein Streit mit Torsten mal wieder.

Kennt ihr den Spruch

„was sich neckt sich das liebt sich auch"

Ich beschloss mein Leben aufzugeben
Und ins Reich Gottes zu gehen.
Ich war überflüssig auf dieser Welt.
Für mich gab es sowieso keine Zukunft

Auch wenn ich nicht wollte musste ich 2007 in die Rotenburger Werke e.V.

Ich machte ja in der großen Küche ein Praktikum.

Und die Dame sagte warum bist du nicht auf der Realschule.

Drauf hast du es.

Ich antwortete:
„ **Ich würde ja gerne aber, dieser Einrichtung sind die 3.000€ SGB Gelder vom Staat für einen Geistigbehinderten wichtiger als ihn zu fördern"**

Sie sagen zu mir, dass ich nur Höhenflüge bekommen würde, und lachten mich aus.
So war deren Meinung im Kinderheim.

Dort in Rotenburg Wümme
Wünsch ich mir vom Herzen dass mich die Leute mal ernst nehmen und mich nicht in die Behinderten Werkstädten steckten.

Ich wollte mal so wie ein Normalentwickelter leben mit einem normalen Weg, Ausbildung, Studium und Karriere.
Aber diese Chance gaben sie mir in den Heilpädagogischen Kinder- und Jugendheimen nicht. Weil sie es überflüssig fanden.

Ja, ja liebe Leser Ende dieses Jahres merkten sie schon, dass es nicht überflüssig ist.

Aber ihr hört es ja ob ich es schaffe diese Chance für mich zu holen. In der Bahnhofstraße in unserer Gruppe erzählte ich ihnen stolz von meinen Plänen und dass ich ein Buch schreiben wollte.

Und was machten die lieben Erzieher, sie sagten

„ In 2 Tagen hörst du ja wieder auf weil du es nicht durch hältst"

Und lachten ganz schäbig.

Torsten, Cindy, und der Rest grinsten mich doof von der Seite an und sagten
„ sag mal hast du noch so Höhenflüge, du musst Schritt für Schritt gehen und dafür ist die Treppe da, dass man Stufe um Stufe gehen muss"

Ich schaute sie an und dache, jetzt passt mal auf ihr Klugscheißer, sehe ich aus als hätte ich es nötig die Treppe zu nutzen, wenn es mit dem Fahrstuhl schneller zum Ziel geht. ☺

Als ich das Buch fertig geschrieben habe, hatten sie auf einmal eine positive Meinung.

Tja manche sind einfach nur stockblöd und taugen nichts anderes als zum Arschkriecher. Und glaubt mir diese Erzieher waren nicht gerade die Hellsten das könnt Ihr mir glauben ☺

Das sind nichts anderes als Schleimscheißer!!!!!!!

Erst große Sprüche klopfen, und wenn das dann bewiesen ist, versuchen Sie mit Schleimerei mein
Selbstwertgefühl und meine Leistung zu würdigen,
aber erstmal eine runterputzen.

Na ja, was soll ich schon groß dazu sagen ☺

So liebe Leser das war das Kinderheim.

Es gab ja auch schöne Momente.

Mein Erster Selbstmordversuch in ROW

Ich stellte mir den Wecker und hörte noch König der
Löwen, was Laura so mag. Und schlief traurig ein.
Dann war es 2.00. Ich nahm mir den Schal und wi-
ckelte mir den ganz fest um den Hals, dass ich nur
noch ganz wenig Luft bekam. Dann legte ich mich hin
und nach einer Zeit schlief ich tatsächlich wieder ein.

Am nächsten Morgen erwachte ich wieder - ich war
fassungslos!!!!!!!!!!!!

Und es lag wohl daran, dass ich keinen zweiten Kno-
ten gemacht habe.

**SELBST FÜR EINEN FREITOD BIN ICH NICHT IN DER
LAGE**

So hatte ich das Glück und wachte auf. Das Problem mit Laura wurde nicht besser. Vielleicht wollte Gott es so.

Dass ich das Beste aus meinem Leben mach.

Und mich annehme, so wie ich bin.

Ich schrieb für Karlheinz und Andreas ein Lied, denn Andreas wurde 60.

Und Onkel Karlheinz wurde 50 Jahre alt.

Ich sang ihm das Lied auf seiner Geburtstagsfeier. Am 25.2.06. vor 100 Leute vor.

Da war ich noch ein gern gesehener Gast, heut ist es leider nicht mehr der Fall auf Familien Feiern werde ich schon längst nicht mehr eingeladen.

Kann ich auch verstehen wer will schon so einen Versager auf Familien Feiern haben.

Im Februar gab ich den Kirchen-Jugend Betreuern eine Einladung zu meinem Geburtstag.

Ich habe Laura, Janike, Rabea, Lukas, Janne und Arne eingeladen.

Ganz in geheimen wünschte ich mir, dass Laura zur Feier kommen würde, denn sie hätte es mal dringend nötig, von einem Hecht wie mir verwöhnt zu werden.

Die Einladung von Janike und Rabea habe ich Arne Keihlack gegeben.

Er sagte zu mir

,, Klar Sascha mach ich, du kannst dich auf mich verlassen".

Laura versprach auch zu kommen sie hat es mir versprochen. Nun ja eine Woche später hatten Laura und Ich einen großen Streit.

Sie wollte wissen was ich dachte und fühlte für sie.

Ich sagte ihr dass,

„Die kleine Diva keine Kritik ab kann".

Jammer schade. Aber solange sie noch mit mir streitet war alles in Ordnung.

Wir streiten uns wie ein Paar nur das wir keins waren.

Sie ging dann zu Arne und heult sich aus.

☹ oooo, eine Runde Mitleid für Laura.

Ihr werdet gleich sehen warum ich das so krass sage.

Es war der 17.3.06 ich war 18 geworden.

Ich habe ja ein Tisch im Harmonie Restaurant bestellt und die Kegelbahn.

Die Gäste wurden 17.30 erwartet.

Ich wartete und wartete und wartete auf die 6 Gäste. Es war nun 18.OO und es kamen nur Janne und Luckas. Lukas rief bei den andern Gästen an Rabea und Janike hatten die Einladung nicht bekommen.

Arne hat sie nicht weiter gegeben. Janike hat in Februar zu mir gesagt das sie kommt, weil ich ihr das noch gesagt habe.

Seht ihr, auch auf einen Pastorsohn kann man sich im Ernstfall nicht verlassen. ☹

Ich habe mir so viel Mühe gegeben und lange für diese Geburtstagsfeier gespart, und ich hatte kaum als heim Kind Geld, um endlich dazu zu gehören, und nun machten mir diese Kirchenmitglieder einen Strich durch die Rechnung. Ich war sehr deprimiert und verstand die Welt nicht mehr.

So viel Herzlosigkeit in einer Kirchengemeinde habe ich nie erlebt.

Deshalb bin ich heute zu den Katholiken gegangen, weil die Evangelische Kirche einfach zu weich und übererheblich ist.

Die haben nicht einmal ein Führer den sie anfassen können, die katholische Kirche jedoch einen heiligen Papst.

Der Glaube an Gott, war er einmal zerstört, und die Zeit und Aufwand die ich in dieser Gemeinde in Rotenburg Wümme gesteckt habe war genauso wertlos wie Klopapier. ☹ ☹

Meine Kinder später werden nicht konfirmiert, sie sollen lernen nicht unrealistischen Mythen wie einem Gott nachzulaufen, was sagte ein Konfirmand zu unsrem lieben Pastor Keihlack mal.

Auf die Frage warum er nicht regelmäßig zur Sonntagskirche kommt.

„Wieso, ich kann auch zu Hause glauben, da muss ich nicht jeden Sonntag zur Kirche rennen, und grinste den Pastor wissend an" ☺

Pastor Keihlack war so geschockt, dass er dies noch Wochen später in den Gruppentreffen besprechen wollte.

Nun ja was ich erst im Nachhinein erfahren habe und Nicht wusste war?

Rabea, und Janike fahnden es besser mit ihrer Mutter wegzufahren als dort auf meiner Geburtstagsparty aufzutauchen.

Das war ne richtige linke Nummer von ihr.

Und Arne Keihlack kam auch nicht, ohne sich ab zu melden.

Und der Knüller war …..!!

das Arne Keihlack, sagte

„ja, wir haben alle darüber geredet und wir kommen alle und freuen uns darauf"

Was soll ich dazu sagen, ist das ein vorbildliches Verhalten eines Pastoren Sohnes, diese Antwort über lasse ich gerne Ihnen ☺

Und Mademoiselle Laura kam auch nicht und hatte es auch nicht nötig sich Abzumelden.

Sie war wohl Noch beleidigt das ich ihr die Meinung sagte.

Ich hatte schon Wasser in den Augen.
Janne und Lukas machten mir den Abend noch schön.

Es war der schlimmste 18 Jähriges Geburtstag was ich je erlebt habe. ☹

Ich finde das traurig, dass sie mich so im Stich gelassen haben. Man könnte ja wenigstes so fair sein und den Mut besitzen, abzusagen wenn man keine Lust hat mit diesem Behinderten zu feiern. ☹

Liebe Leser

das sind sehr lobende Vorbilder die dafür ausgebildet werden, dass sie so eine Jugendgruppe leiten dürfen.

Es war mir schnell klar, dass sie diese Berechtigung einer Jungendgruppen Leitung entweder beim Roulette oder auf dem Flohmarkt erworben haben.

Na, ja die Kirchen Gemeinde in Rotenburg Wümme hatte wahrscheinlich Sparmaßnahmen angeordnet, deshalb nahmen sie jeden Vollpfosten, der sich bereit erklärt hat, eine Bande von Rabauken zu führen.

Und gerade die, Verarschen schwächer.

Tja so hat jede Heilige Kirche ihre Macken, Die katholische vernascht gerne Kinder und verbrennt Hexen, Die Evangelisten kennen keine Gleichberechtigung und Respekt vor Schwächeren.

Was predigen sie immer in der Kirche.

Na liebe Leser wisst Ihr es???????.

Dann sage ich es Euch. Es heißt immer, dass man in der Kirchengemeinschaft immer herzlich willkommen sei egal wer man ist ob Behindert, Alte Leute, Farbige Menschen. Das ist Gottes Haus und jeder ist herzlich willkommen.

Ha, ha, ha, das sind doch nur alles Heucheleien. Das nennt sich eine Kirche. Ha, ha, in einer Kirchengemeinschaft wird man nicht von vorn bis hinten verarscht. Liebe Leser ich steckte mein Herz in diese Jugendgruppe und machte auch viel. Und als Dank nutzten sie mich von vorne bis hinten aus.

Und das von den Teamern, die eigentlich eine Vorbildfunktion haben. Und nicht mal ihr schwächstes Glied der Gemeinde respektvoll und ehrlich, den überhaupt war zu nehmen. Ich war so traurig und ich muss Euch sagen liebe Leser, dass mich das sehr verletzt hat und ich kann denen das nie mehr verzeihen. Auch wenn es mir weh tut. Weil ich die Teamer noch sehr, mag. Weil ich das Gute in den Menschen sehe. Es ist trotzdem keine Entschuldigung für ihr Verhalten.
Das ist ein schwaches Bild für die Kirchengemeinschaft in Rotenburg Wümme. Der Frust und die Traurigkeit waren so groß, dass ich an den Papst und an Frau Margot Käßmann
einen Brief geschrieben habe.

Ich habe das gleich wie bei Frau Käßmann auch an den Heiligen Vater des Vatikan geschrieben.

In den Briefen schilderte ich meine Sorgen und Nöte und, dass ich sehr unzufrieden mit der Entwicklung der Jugendgruppe bin.

Übersetzt. Ich habe mich bei der katholischen Kirche über das Mobbingverhalten in der evangelischen Kirche beschwert. Jaja, ich weiß da kann man nur mit dem Kopf schütteln ☺

KUNGL. HOVSTATERNA

Königl. Schloss Stockholm
28. September 2007

Ihre Königliche Hoheit Kronprinzessin Victoria hat Ihre
Glückwünsche zum 30. Geburtstag sehr geschätzt und hat
mich beauftragt Ihnen für Ihre Freundlichkeit herzlich zu
danken.

Mit freundlichen Grüssen

Anita Söderlind
Sekretärin

Aus dem Vatikan, am 2. Juni 2006

Lieber Sascha!

Papst Benedikt XVI. hat Deinen Brief erhalten, in dem Du ihm von Dir erzählst und ihm persönliche Gedanken und Sorgen anvertraust.

Der Heilige Vater hat mich beauftragt, Dir für Deine Grüße zu danken. Als Hirte der weltweiten Kirche verläßt er sich auch auf Deine Mithilfe. Wir alle können durch unser Gebet und durch das Gute, das wir für unsere Mitmenschen tun, dazu beitragen, daß unsere Welt ein Stück weit besser wird. Wenn Du Christus täglich darum bittest, als guter Freund Deine Worte und Taten zu begleiten, wird dieses Vorhaben sicher gelingen.

Papst Benedikt XVI. nimmt Deine Anliegen gerne in sein eigenes Beten hinein und erbittet Dir, Deiner Familie und Deinen Freunden Gottes beständigen Schutz und die Hilfe seiner Gnade.

Mit besten Wünschen and freundlichen Grüßen

Msgr. Gabriel CACCIA
Assessor

LANDESBISCHÖFIN DR. MARGOT KÄßMANN

Hannover, 27. April 2006

Sehr geehrter Herr Bönisch,

herzlichen Dank für Ihren ausführlichen Brief und die so offene Beschreibung Ihrer Lebenssituation.

Wie schön, dass Sie in der Kirchengemeinde so guten Anschluss gefunden haben, auch wenn es wirklich nicht immer leicht für Sie in der Jugendgruppe ist. Trotz mancher Schwierigkeiten, scheint es aber, doch so zu sein, dass Sie guten Kontakt zum Pastor und zu einigen der Teamer haben und ich wünsche Ihnen von Herzen, dass dies auch so bleibt.

Mit freundlichen Grüßen,
Ihre

Evangelisch-lutherische Landeskirche Hannovers
Haarstraße 6 · 30169 Hannover · Tel. (0511) 563 583-0 · Fax (0511) 563 383-11 · e-mail: Landesbischoefin@evlka.de

Ich erzählte es den Jungendgruppenmitarbeiter, und sie schauten mich blöd an.

Nach den Osterferien trat ich aus der Jugendgruppe und aus der Gemeinde aus, was zuviel ist zuviel

Auch 2006 machte ich es mit der Einrichtung und sorgte dafür, dass ich das Kinderheim verlassen konnte.

Man musste viel ausrasten, Erzieher angreifen und den kleinen Diktator raus hängen, bis ich einen Freischein in die Psychiatrie bekommen würde.

Es hat lange gedauert aber letztendlich kam ich meinem Ziel in der freien Wirtschaft zu leben ein Stück weiter.

Gutshof Hudemühlen (Hodenhagen) Ein Affenstall lauter unfähige

2007 kam ich nach einem Erholsamen Psychiatrieaufenthalt nach Hodenhagen (Walsrode).

Gutshof Hudemühlen ist ein Internat für Menschen mit einer Behinderung. Wo Geist und Mensch zu einander finden.

Die Anstalt Gutshof Hudemühlen in Hodenhagen gehört einer Familie.

Eins kann ich jetzt schon sagen, diese Familie verstand nichts von einer Führung eines Internates für Menschen mit einer Behinderung.

Allein die Auswahl der Mitarbeiter ließ zu wünschen übrig.

Hier erhielten nicht die Leute ein Job, welche darin ausgebildet wurden, als ausgebildeter Erzieher um Menschen mit einer Behinderung zu betreuen.

Nein, der Heimleiter hat willkürlich und aus kosten günstigen Gründen Menschen aus dem normalen Alltag eingestellt, die als Tischler, Metzger oder Florist versagt haben, es hat eben gereicht, dass sie selber Eltern waren, so waren sie automatisch berechtigt behinderte Menschen zu erziehen.

Nicht umsonst muss man dafür eine Ausbildung absolvieren, aber solche Mitarbeiter die diese Ausbildung haben sind nun mal für die Einrichtungen zu teuer.

Das war nicht einmal das Schlimmste, sondern dass ein etwas kräftiger behinderter junger Mann,

Narrenfreiheiten auf dem Hof genießen konnte.

Er lebe seine Pädophilie an 10 jährigen Kindern aus. Erzieher und Heimleitung waren oft machtlos, vor Angst, dass der junge Mann ausrasten würde, und sie verletzen würden.

Ein ausgebildeter Erzieher wüsste in solch einer Situation damit um zu gehen.

Doch diese Mitarbeiter machten den großen Fehler, sie zeigten Schwäche und Angst, und bestraften ihn nach einem wiederholten Rückfall mit Abendbrot-Entzug.

Ein Abendbrot weniger, im Gegenzug einer verdorbenen Kinderseele.

Ganz großes Kino sagte ich immer wieder.

Sie waren einfach der Situation nicht gewachsen.

Tja das kommt davon wenn man bei der Auswahl der Mitarbeiter sparen will.

2008 konnte ich mir das Elend auf Gutshof Hudemühlen Hodenhagen nicht mehr zumuten.

Ich reichte meine Kündigung ein und verließ die Einrichtung Gutshof Hudemühlen.

Den weiteren Werdegang könnt Ihr dann in meinem schon auf dem Markt befindlichen Buch.

Nachlese.

Buchtitel: Mein Leben als Finanzbetrüger
Autor: Bönisch, Sascha Savas
168Seiten |ISBN978-3-7357-4446-3

Schlusswort

Heute im Jahre 2015 blicke ich auf ein bewegtes und vielfältiges Leben zurück.
Mit rund 26 Jahren, habe ich auf biographischer Basis mehr zu berichten als ein Ottonormalverbraucher. Nur wenig Zuneigung spüren konnte ich bei Freunden und Familie, heute, ist der Zusammenhalt und das miteinander gänzlich erloschen, jeder hat mit sich und seinem Leben mehr als genug zu tun.

Die Harmonie wie sie anfangs im Buche stand, ist heute seitens der Pflegefamilie selten geworden, durch eine doch anstrengende Phase, wendeten sich viele von mir ab.

Auf der Familiengäste Liste stehe ich schon lange nicht mehr, zu Familien Treffen werde ich gar nicht mehr eingeladen. Weihnachten und Sylvester und zum Geburtstag, bekomme ich weder Besuch oder eine kleine Aufmerksamkeit in Zuge eines Briefes oder eines Anrufs.

Visionen & Zukunftspläne, werden gänzlich durch Steine im Weg zum Ziel unterbunden, den einzigen

Freund der immer bei mir ist, heißt Einsamkeit, in den letzten Monaten Ende 2014, hatte ich ernsthafte Zukunftsängste, es entwickelte sich zur einer großen Sorge.

Die ständige Suche nach dem ich, und warum ich so unglücklich bin prägte meinen Verstand. Ich bin Tag für Tag ein Stück weit müder geworden, und die Lebensfreude wurde wie eine Kerze immer kleiner. Das Scheinheilige lächeln in der Öffentlichkeit, soll Freunde und Familie zeigen dass es einem gut geht, und sie somit Sorgenfrei weiter leben können. Mitgefühl und für einander da sein, ist seitens der Leistungsstarken Gesellschaft ein Fremdwort.

Keine Schwäche zeigen, und der Pflegefamilie und Freunden nicht zeigen, wie verletzt und traurig man wirklich über die Ausgrenzung aus der Familiengästeliste und der Nichtachtung an Weihnachten und Sylvester ist.

Eine harte Schale, soll signalisieren, dass man über den Dingen steht.
Skrupellos und eiskalt entwickelte man sich zum großen Arschloch, den Größenwahn zur Anerkennung und Liebe, ging man auch über Leichen und machte negative Schlagzeilen als Finanzbetrüger. Um die Aufmerksamkeit zu erhaschen, die in seinem Lebensglück so fehlt.

Heute 2015 gehe ich meine Runden, glücklich und zufrieden bin ich trotz Selbständigkeit als Verlagsinhaber nicht, zu groß ist die Ablehnung meinem engsten Kreis.

Und der Schmerz und die Zukunftsangst, etliche Prozesse muss ich 2015 noch über mich ergehen lassen

Froh, drüber dass wenige Freunde bekannte mein Leben soweit lebenswert machen

Danke an alle, die mir Liebe und Zuneigung und Freundschaft dargebracht haben.
Ich bitte demütigst um Vergebung all jenen denen ich in den Jahren das Leben zur Hölle gemacht habe.

Herzliche Grüße
Euer autor sascha Savas Bönisch